Le Voleur de Noël

Mary Higgins Clark
et
Carol Higgins Clark

Le Voleur de Noël

ROMAN

Traduit de l'anglais
par Anne Damour

LE GRAND LIVRE DU MOIS

Édition originale :
THE CHRISTMAS THIEF

La présente édition publiée avec l'accord de l'éditeur d'origine
Simon and Schuster, Inc., New York.

En heureux souvenir de notre cher ami,
Buddy Lynch.
C'était le meilleur d'entre les meilleurs,
un garçon épatant.

Jamais je ne verrai
Un poème aussi beau qu'un arbre.

Joyce Kilmer

1

PACKY NOONAN marqua soigneusement d'une croix le calendrier qu'il avait punaisé au mur de sa cellule, dans la prison fédérale des environs de Philadelphie, la ville de l'amour fraternel. Packy débordait d'amour pour ses frères humains. Il était l'hôte du gouvernement des États-Unis d'Amérique depuis douze ans, quatre mois et deux jours. Mais comme il avait purgé quatre-vingt-cinq pour cent de sa peine et s'était montré un prisonnier modèle, la commission des libérations s'était décidée à lui accorder sa liberté conditionnelle à partir du 12 novembre, c'est-à-dire dans deux semaines.

Packy, de son vrai nom Patrick Noonan, était un escroc de haut vol qui avait réussi à extorquer à des investisseurs trop confiants une centaine de millions de dollars sous le couvert d'une société qu'il avait fondée, en apparence tout à fait légale. Lorsque le château de cartes s'était écroulé, après déduction des sommes dépensées en maisons, voitures, pots-de-vin et femmes faciles, la plus grande partie du butin, presque quatre-vingts millions de dollars, n'avait jamais été retrouvée.

Pendant toutes ces années de prison, l'histoire de Packy n'avait pas varié d'un pouce. Il n'avait cessé de clamer que ses deux complices, aujourd'hui en fuite, avaient dérobé le reste de l'argent et que lui-même, comme ceux qu'il avait trompés, avait été victime de « sa nature trop confiante ».

La cinquantaine, le visage mince, avec un nez busqué comme un bec de rapace, des yeux rapprochés, des cheveux bruns clairsemés, et un sourire qui inspirait confiance, Packy avait enduré stoïquement son incarcération. Il savait que, le jour de sa libération, son magot compenserait largement ses années d'inconfort.

Une nouvelle identité l'attendait une fois l'argent récupéré. Un jet privé devait l'emmener au Brésil où un plasticien de grand renom transformerait ses traits anguleux qui semblaient dessinés à l'image de son cerveau tortueux.

Toutes ces dispositions avaient été prises par ses anciens associés, aujourd'hui établis au Brésil, où ils vivaient grâce à dix millions de dollars prélevés sur les fonds détournés. Packy étant parvenu à cacher le reste du magot avant d'être arrêté, il était certain de pouvoir compter sur la coopération de ses petits copains.

Le plan, élaboré de longue date, prévoyait qu'en sortant de prison il se rendrait au centre de réinsertion de New York, comme le stipulaient les termes de sa libération conditionnelle dont il respecterait le règlement à la lettre, puis sèmerait tous ceux qui tenteraient de le suivre, retrouverait ses complices et filerait avec eux à Stowe, dans le Vermont. Entre-temps, ils auraient loué une ferme, un semi-remorque à plateau, une grange où dissimuler ledit camion, plus l'équipement nécessaire pour abattre un arbre de grande taille.

« Pourquoi le Vermont ? avait demandé Giuseppe Como, plus connu sous le sobriquet de Jo-Jo. Tu nous avais dit que tu avais caché l'argent dans le New Jersey. Tu nous as menti ou quoi ?

– Moi, vous mentir ? s'était récrié Packy, l'air

indigné. J'avais seulement peur que vous parliez en dormant. »

Jo-Jo et Benny, deux jumeaux de quarante-deux ans, avaient participé à l'arnaque dès le début, mais chacun reconnaissait humblement ne pas avoir assez d'imagination pour concocter des coups aussi grandioses. Ils n'étaient que les hommes de main de Packy, et se contentaient volontiers des miettes qui, après tout, étaient substantielles.

« Mon beau sapin, roi des forêts... », fredonna Packy qui se voyait déjà retrouvant une branche bien particulière d'un arbre choisi entre tous dans le Vermont, pour en retirer la flasque contenant les diamants qui y reposaient depuis plus de treize ans.

2

MALGRÉ la fraîcheur de cette après-midi de la mi-novembre, Alvirah et Willy Meehan décidèrent de regagner à pied leur appartement de Central Park South en sortant de la réunion de l'Association de soutien aux gagnants de la loterie. Un groupe qu'Alvirah avait créé après que Willy et elle eurent gagné quarante millions de dollars et reçu quantité d'appels de la part d'heureux gagnants qui avaient vu leurs gains fondre comme neige au soleil. Ce mois-ci, ils avaient avancé la réunion de quelques jours car ils devaient partir dans le Vermont où ils passeraient un long week-end à la Trapp Family Lodge avec leurs bons amis, la détective Regan Reilly, son fiancé Jack Reilly, chef de la brigade des affaires spéciales de la police de New York, qui étrangement portait le même nom qu'elle, ainsi que les parents de Regan, Luke et Nora. Nora était une célèbre auteure de romans policiers et Luke entrepreneur de pompes funèbres. Bien que très occupé par ses affaires, il avait déclaré qu'il prendrait ces quelques jours de vacances envers et contre tout.

Âgés d'une soixantaine d'années, mariés depuis quarante ans, Alvirah et Willy habitaient encore Flushing, dans Queens, le soir mémorable où les petites boules s'étaient mises à tomber, l'une après l'autre, chacune portant l'un des chiffres magiques de la combinaison. Elles étaient sorties suivant la séquence exacte que les Meehan jouaient depuis des années, combinant les dates de leur naissance et de leur anniversaire. Assise dans le séjour, Alvirah prenait un bain de pieds après une dure journée de ménage chez sa patronne du vendredi, Mme O'Keefe, une personne dont la propreté n'était pas le point fort. Willy, plombier à son compte, était rentré fourbu après avoir réparé les toilettes d'un appartement dans un immeuble voisin du leur. Passé le premier instant de stupéfaction, Alvirah avait bondi de sa chaise, renversant la bassine d'eau, les pieds ruisselants, et s'était mise à danser autour de la pièce avec Willy, tous deux riant et pleurant de joie.

Ils s'étaient montrés raisonnables. Leur seule folie avait été l'achat d'un trois-pièces avec terrasse donnant sur Central Park. Et quand bien même, ils étaient restés prudents, préférant conserver leur appartement de Flushing au cas où l'État de New York ferait faillite et ne pourrait plus continuer à verser leurs annuités. Ils épargnaient la moitié de la somme qu'ils percevaient tous les ans et l'investissaient judicieusement.

Grâce aux soins d'Antonio, le coiffeur des stars, la chevelure d'un roux flamboyant d'Alvirah avait aujourd'hui une couleur cuivrée plus subtile. Et c'était son amie, la baronne Min von Schreiber, qui avait choisi son tailleur-pantalon de tweed d'une coupe parfaite. Min la suppliait toujours de ne jamais faire d'achats sans elle. À l'entendre, Alvirah était la proie toute désignée de vendeuses essayant de se débarrasser de fins de séries invendables.

Bien qu'elle ait renoncé à son balai et à son chiffon à poussière, Alvirah était plus occupée que jamais. Son talent pour mettre son nez dans les affaires louches et résoudre les énigmes l'avait transformée en détective amateur. Pour l'aider à démasquer les malfaiteurs, elle portait à son revers une broche en forme de soleil munie d'un micro miniature qu'elle déclenchait dès qu'elle pressentait que son interlocuteur lui cachait quelque chose. Millionnaire depuis trois ans, Alvirah avait résolu une douzaine d'affaires au cours de sa nouvelle vie. En outre, elle rédigeait une chronique policière dans le *New York Globe*. Ses lecteurs appréciaient tellement ses aventures que sa chronique était devenue bi-hebdomadaire, même lorsqu'elle n'avait pas de nouvelle enquête à raconter.

De son côté, Willy avait fermé sa petite entreprise mais n'en travaillait pas moins pour autant, consacrant ses talents de plombier à améliorer l'existence de vieillards démunis du West Side, sous l'égide de sa sœur aînée, sœur Cordelia, une redoutable religieuse dominicaine.

Ce jour-là, donc, l'Association de soutien aux gagnants de la loterie s'était réunie dans un somptueux appartement situé dans la Trump Tower dont Herman Hicks venait de faire l'acquisition. Herman avait récemment gagné le gros lot et, comme Alvirah s'en inquiétait auprès de Willy, « dilapidait trop rapidement sa fortune ».

Ils étaient sur le point de traverser la Cinquième Avenue devant l'hôtel Plaza. « Le feu vient de passer à l'orange, fit remarquer Willy. Avec cette circulation, je n'ai pas envie de me retrouver coincé au milieu de la chaussée. Encore moins d'être fauché par une voiture. »

Alvirah s'apprêtait à accélérer le pas. Contrairement à son prudent de mari, elle détestait être obligée d'attendre avant de traverser. « Je suis du genre risque-tout », disait-elle volontiers.

« Ne te fais pas de souci pour Herman, la rassura Willy. Son rêve a toujours été d'habiter la Trump Tower et l'immobilier est un bon placement. Il a racheté les meubles des anciens propriétaires pour un prix correct et, à moins qu'il ne se soit offert une garde-robe complète chez Paul Stewart, il n'a commis aucune extravagance.

– Peut-être, répliqua Alvirah, mais à soixante-dix ans, il est veuf, sans enfant et dispose de vingt millions de dollars après impôts. Je peux t'assurer qu'il trouvera toutes les dames qu'il voudra pour lui confectionner des petits plats. Or, je souhaiterais seulement qu'il se rende compte des qualités d'Opal. »

Opal Fogarty était membre de leur association depuis sa fondation. Elle avait décidé de se joindre à eux après avoir lu les chroniques d'Alvirah dans le *New York Globe.* Car, comme elle le soulignait, « je suis passée du stade de Grande Gagnante à celui de Grande Perdante, et j'aimerais mettre en garde les nouveaux élus contre les escrocs bonimenteurs ».

Deux nouveaux membres assistaient à la réunion. Opal leur avait raconté son histoire, expliquant qu'elle avait investi dans une société de transports maritimes dont le fondateur n'avait jamais rien transporté d'autre que son argent depuis la banque jusque dans ses propres poches. « J'ai gagné six millions de dollars à la loterie. Une fois les impôts payés, il m'en restait environ trois millions. Un dénommé Patrick Noonan m'a alors persuadée de les investir dans sa société bidon. Fidèle de saint Patrick, j'ai stupidement pensé que quelqu'un portant ce prénom ne pouvait être qu'honnête. J'ignorais que cet escroc patenté avait pour surnom Packy, tête d'œuf. Il va sortir de prison dans quelques jours, et j'aimerais me transformer en ombre, et le suivre partout où il ira, car je suis convaincue qu'il a mis son magot en lieu sûr. »

Les yeux bleus d'Opal s'étaient voilés de larmes de rage à la pensée que Packy Noonan pourrait récupérer les sommes qu'il lui avait volées.

« Avez-vous perdu tout cet argent ? » interrogea Herman avec sollicitude.

C'était justement cette bienveillance dans son ton qui avait éveillé l'instinct de marieuse d'Alvirah.

« Au total, huit cent mille dollars ont été retrouvés, mais les honoraires des administrateurs judiciaires nommés par le tribunal se sont montés à presque un million. Résultat, après qu'ils se sont servis, nous n'avons rien récupéré. »

Il arrivait souvent qu'Alvirah et Willy se livrent à des réflexions après une réunion. « L'histoire d'Opal a beaucoup impressionné ce jeune couple qui a gagné six cent mille dollars au jeu du millionnaire, disait-il. Mais ça lui fait une belle jambe. À soixante-sept ans, elle est toujours serveuse dans un restaurant. Et les plateaux pèsent lourd.

– Elle va avoir quelques jours de congé d'ici peu, dit Alvirah d'un air songeur. Mais je crains qu'elle n'ait pas les moyens de s'offrir le moindre voyage. Oh, Willy, nous avons eu tellement de chance. »

Elle lui adressa un rapide sourire. C'est vrai qu'il est bel homme, pensa-t-elle pour la énième fois. Avec sa masse de cheveux blancs, son teint hâlé, ses yeux bleus au regard vif et sa carrure impressionnante, on le comparait volontiers à Tip O'Neil, le légendaire président de la Chambre des représentants.

Le feu passa au vert. Ils traversèrent la Cinquième et longèrent Central Park South jusqu'à leur immeuble situé à quelques mètres de la Septième. Alvirah désigna du doigt un jeune couple qui s'apprêtait à faire un tour en calèche dans le parc. « Tu crois qu'il va la demander en mariage ? Souviens-toi que c'est ici que tu l'as fait.

– Tu parles si je m'en souviens ! Pendant toute la promenade, j'ai craint de ne pas avoir assez d'argent pour payer le cocher. En sortant du restaurant, j'avais prévu de laisser au maître d'hôtel cinq dollars de pourboire et, comme un crétin, je lui en ai refilé cinquante. Je ne m'en suis aperçu qu'en cherchant dans ma poche la bague que je voulais te passer au doigt. En tout cas, je suis content que nous ayons décidé d'aller dans le Vermont avec les Reilly. Peut-être aurons-nous l'occasion de faire un tour en traîneau.

– Ce qui est sûr, c'est que je n'ai pas l'intention de skier, dit Alvirah. C'est pourquoi j'ai eu un moment d'hésitation lorsque Regan nous a fait cette proposition. Elle, Jack, Nora et Luke sont d'excellents skieurs. Mais j'ai une pile de livres à lire, il y a une quantité de promenades à pied à faire dans le coin et, d'une façon ou d'une autre, je trouverai à m'occuper. »

Un quart d'heure plus tard, dans leur confortable salle de séjour avec vue panoramique sur Central Park, Alvirah ouvrait le colis que venait de lui remettre le portier. « Willy, c'est incroyable ! s'exclama-t-elle. Ce n'est même pas Thanksgiving, pourtant Molloy, McDermott, McFaddent & Markey nous envoient déjà un cadeau de Noël. » Les Quatre M, comme on les désignait à Wall Street, étaient les associés de la société de courtage qu'avaient choisie Alvirah et Willy pour gérer leur argent placé en obligations d'État ou en actions de père de famille.

« Et que nous envoient-ils ? demanda Willy depuis la cuisine où il préparait un manhattan, leur cocktail de prédilection.

– Je n'ai pas encore ouvert le paquet. Ils ont la manie aujourd'hui de tout envelopper dans des couches de plastique. Je crois qu'il s'agit d'une bouteille ou d'un pot. La carte dit : "Bonnes vacances." Seigneur, ils sont en avance.

– Peut-être une tirelire. Ne t'abîme pas les ongles. Je vais le défaire à ta place. »

Ne t'abîme pas les ongles. Alvirah eut un sourire au souvenir des années où elle aurait mis en pure perte un soupçon de vernis sur ses ongles à cause de tous les produits de nettoyage plus ou moins décapants qu'elle utilisait pour faire des ménages.

Willy entra dans le séjour avec un plateau chargé de deux verres et d'une assiette de crackers et de fromage. Herman leur avait offert en tout et pour tout des petits gâteaux à la crème et du café instantané auxquels ni l'un ni l'autre n'avaient touché.

Il posa le plateau sur la table basse et s'empara du paquet enveloppé de papier bulle. D'un coup sec, il arracha le ruban adhésif et retira la boîte de l'emballage. Son expression d'impatience se changea en surprise, puis en stupéfaction.

« Combien avons-nous placé chez Quatre M ? » interrogea-t-il.

Alvirah le lui dit.

« Chérie, regarde-moi ça. Ils nous envoient

du sirop d'érable. C'est peut-être leur nouvelle conception du cadeau de Noël.

– Sans doute une blague. »

Alvirah saisit le pot à son tour. Puis elle lut l'étiquette.

« Willy, écoute. Ils ne nous envoient pas seulement du sirop. Ils nous font cadeau d'un arbre. *Ce sirop provient de l'arbre réservé pour Willy et Alvirah Meehan. N'hésitez pas à venir le saigner pour remplir votre pot chaque fois qu'il sera vide.* Je me demande où se trouve ce fameux arbre. »

Willy fouilla fébrilement dans la boîte. « Il y a un papier à l'intérieur. Non, c'est un plan. » Il l'examina et éclata de rire. « Mon chou, voilà une occupation à laquelle tu pourras te livrer lorsque nous serons à Stowe. Tu iras voir notre arbre. D'après cette carte, il se trouve juste à côté de la propriété de la famille von Trapp. »

Le téléphone sonna. C'était Regan Reilly. Elle appelait de Los Angeles. « Tout est prêt pour le Vermont ? demanda-t-elle. Pas question de vous décommander, n'est-ce pas ?

– Pas question, la rassura Alvirah. J'ai quelque chose d'important à faire à Stowe. Il faut que j'aille voir un arbre. »

3

« REGAN, tu dois être épuisée », s'inquiéta Nora Reilly en regardant affectueusement sa fille unique assise en face d'elle à table. Pour les autres, la belle Regan aux cheveux noir de jais était avant tout une séduisante détective privée, mais pour Nora, malgré ses trente et un ans, elle restait la petite fille pour laquelle elle aurait donné sa vie.

« Elle me semble au contraire en pleine forme », fit remarquer Luke Reilly en reposant sa tasse d'un geste décidé, signe qu'il s'apprêtait à partir.

Sa longue silhouette d'un mètre quatre-vingt-douze était prise dans un costume bleu nuit, agrémenté d'une chemise blanche et d'une cravate noire, une tenue dont il possédait une demi-douzaine de modèles tous semblables. La profession de Luke expliquait le classicisme de son habillement. Ses cheveux argentés encadraient un visage mince qui pouvait prendre une expression de compassion appropriée, mais s'éclairer d'un sourire chaleureux lorsqu'il se trouvait hors de ses salons funéraires. Et c'était ce sourire qu'il adressait en ce moment à sa femme et à sa fille.

Ils prenaient leur petit-déjeuner dans la maison des Reilly à Summit dans le New Jersey, la maison où Regan avait grandi et qu'habitaient toujours Luke et Nora. C'était aussi l'endroit où Nora Reilly écrivait les romans policiers qui l'avaient rendue célèbre. Elle se leva pour donner un baiser à son mari. Depuis qu'il avait été kidnappé un an plus tôt, il ne franchissait jamais la porte sans qu'elle n'éprouve un pincement au cœur à la pensée qu'il puisse lui arriver quelque chose.

Comme Regan, Nora avait des traits fins et réguliers, des yeux bleus et le teint clair. Au contraire de sa fille, cependant, elle était naturellement blonde. Avec son mètre cinquante-huit, elle mesurait dix centimètres de moins qu'elle, mais Luke les dominait toutes les deux.

« Ne te fais pas enlever, dit-elle, plaisantant à moitié. Nous partons pour le Vermont à deux heures, au plus tard.

– Un kidnapping une fois dans sa vie reste dans la moyenne, la rassura Regan. J'ai consulté les statistiques la semaine dernière.

– Et n'oublie pas, lui rappela Luke, que sans cette déplaisante petite mésaventure, Regan n'aurait jamais rencontré Jack, et que tu ne serais pas en train de préparer un mariage. »

Jack Reilly, chef de la brigade des Affaires spéciales de la police de New York, aujourd'hui fiancé à Regan, avait été chargé d'enquêter sur la disparition de Luke et de la jeune femme qui lui servait de chauffeur. Non seulement il avait arrêté les ravisseurs et récupéré la rançon, mais il avait en même temps capturé le cœur de la jeune détective.

« Difficile de croire que je n'ai pas vu Jack depuis trois semaines, soupira Regan en beurrant un toast. Il voulait venir me chercher à l'aéroport ce matin, mais je lui ai dit que je prendrais un taxi. Il doit faire un saut à son bureau pour régler une ou deux choses avant de partir. Il sera là dans deux heures. »

Elle tenta en vain de dissimuler un bâillement.

« Ces vols de nuit finissent par m'abrutir.

– Réflexion faite, je crois que ta mère a raison, dit Luke. Une petite sieste ne te ferait pas de mal. »

Il rendit son baiser à Nora, ébouriffa les cheveux de sa fille, et disparut.

Regan rit.

« On dirait que j'ai toujours six ans pour lui.

– C'est parce que tu vas te marier. Il commence déjà à parler de ses futurs petits-enfants.

– Oh ! là là ! À cette pensée je suis encore plus fatiguée. » Regan avala la dernière goutte de son café. « Je crois que j'ai sommeil, maman. Je vais dormir un peu. »

Restée seule à table, Nora remplit à nouveau sa tasse et ouvrit le *New York Times*. La voiture était déjà chargée, prête pour le voyage. Elle avait l'intention de travailler dans son bureau pendant le reste de la matinée, de prendre des notes pour son prochain livre. Elle n'avait pas encore décidé si Celia, son héroïne, serait avocate ou décoratrice d'intérieur. Deux types de femmes certes différents, reconnaissait-elle, mais, si elle était décoratrice, elle pourrait rencontrer son mari en rénovant son appartement. En revanche, si elle était avocate, cela donnerait une autre dynamique à l'histoire...

Lis d'abord le journal, se dit-elle. Première règle d'écriture : mettre le subconscient en veilleuse avant d'ouvrir l'ordinateur. Elle regarda par la fenêtre. La salle à manger donnait sur la pelouse couverte de neige et le jardin au fond duquel se trouvaient le tennis et la piscine. J'adore cet endroit, pensa-t-elle. J'ai horreur d'entendre les gens critiquer le New Jersey. « Laisse-les dire, disait mon père. Ils parlent de ce qu'ils ne connaissent pas. »

Chaudement enveloppée dans sa robe de chambre de satin molletonné, Nora savourait son bonheur. Au lieu de poursuivre des malfaiteurs à Los Angeles, Regan était revenue à la maison pour passer trois ou quatre jours de vacances avec eux. Elle s'était fiancée à bord d'une montgolfière quelques semaines auparavant. Au-dessus de Las Vegas. Cela pouvait paraître insensé, mais peu importait à Nora. Elle était trop excitée par les préparatifs du mariage et Regan n'aurait pas pu trouver mari plus parfait que Jack.

Dans quelques heures, ils partiraient pour la superbe Trapp Family Lodge où les rejoindraient leurs vieux amis, Alvirah et Willy Meehan. Que demander de plus ? se dit-elle en ouvrant les pages locales du journal.

Son attention fut immédiatement attirée par la photo d'une très belle femme en jupe longue, chemisier et gilet, qui se tenait debout au milieu d'une forêt. La légende disait : « Le Rockefeller Center choisit son arbre. »

Cette femme me rappelle quelqu'un, pensa Nora tout en parcourant rapidement l'article.

« Un épicéa bleu de vingt-quatre mètres de haut, à Stowe dans le Vermont, sera cette année l'arbre de Noël le plus célèbre du monde. Il a été choisi non seulement pour sa beauté majestueuse, mais parce qu'il a été planté dans une forêt voisine de la propriété de l'illustre famille von Trapp. Par une heureuse coïncidence, Maria von Trapp se promenait dans la forêt le jour où l'arbre fut planté et elle fut prise en photo près de lui. Comme le quarantième anniversaire de la fameuse comédie musicale *La Mélodie du bonheur* va être célébré prochainement, et que le film vante les valeurs familiales et le courage face à l'adversité, une cérémonie spéciale est prévue à New York pour fêter l'arrivée de l'épicéa.

« Il sera abattu lundi matin puis transporté jusqu'à une péniche près de New Haven avant de descendre le Long Island Sound jusqu'à Manhattan. Un chœur de cent jeunes écoliers de toute la ville l'accueillera au Rockefeller Center et interprétera un pot-pourri des airs de *La Mélodie du bonheur.* »

« C'est merveilleux ! s'exclama Nora. Nous serons sur place au moment où ils abattront l'arbre. Nous allons bien nous amuser. » Elle commença à fredonner : « *The hills...* »

4

LE MÊME JOUR, à cent cinquante kilomètres de là, Packy Noonan se réveilla le sourire aux lèvres.

« C'est le grand jour, hein, Packy ? » lui lança d'une voix maussade son voisin de cellule.

Packy pouvait comprendre la raison de cette amertume. C.R. n'avait purgé que deux des quatorze années de sa condamnation, et il n'était pas encore habitué à la vie derrière les barreaux.

« Ouais, c'est le grand jour », convint-il d'un ton affable tout en emballant ses quelques effets personnels : affaires de toilette, sous-vêtements, chaussettes et une photo de sa mère décédée depuis des lustres.

Il parlait toujours d'elle avec adoration et les larmes aux yeux quand il tenait son rôle de conseiller auprès des autres prisonniers réunis à la chapelle. Il leur expliquait qu'elle avait toujours su voir ce qu'il y avait de bon en lui, même lorsqu'il était sorti du droit chemin. Sur son lit de mort, elle lui avait dit qu'un jour il deviendrait un honnête citoyen.

En réalité, il était resté vingt ans sans la voir avant qu'elle meure. Et il n'avait pas jugé bon de révéler à ses congénères qu'après avoir fait don de ses maigres effets aux sœurs de la Charité, elle avait écrit sur son testament : « Et à mon fils Patrick, plus connu sous le nom de Packy, je lègue un dollar et sa chaise de bébé, car elle symbolise les seuls instants où il m'a rendue heureuse. »

Maman avait le don de la formule, pensa Packy avec tendresse. J'ai hérité d'elle. La femme de la commission des libérations avait failli fondre en larmes quand il avait expliqué qu'il adressait tous les soirs une prière à sa mère. Mais ça ne lui avait pas servi à grand-chose. Il avait purgé sa peine minimum obligatoire, plus deux années supplémentaires, jusqu'au dernier jour. Le cœur sensible avait été mis en minorité par le reste de la commission, à six contre un.

La veste et le pantalon qu'il portait à son arrivée à la prison n'étaient plus à la mode, naturellement, mais il les enfila avec bonheur. Grâce à l'argent de ses escroqueries, ils avaient été confectionnés sur mesure chez Armani et il se trouvait plutôt élégant ainsi vêtu. Bien qu'il n'ait pas l'intention de conserver cette tenue trente secondes après son arrivée au Brésil.

Son avocat, Thoris Twinning, devait venir le chercher à dix heures pour l'accompagner au centre de réinsertion dénommé The Castle dans l'Upper West Side de Manhattan. Packy évoquait volontiers le fait qu'au cours de sa longue histoire The Castle avait été à deux reprises une école de filles catholique. Si maman avait su ça. Elle aurait pensé que je profanais les lieux !

Il était prévu qu'il y séjournerait pendant deux semaines, afin de faciliter sa réadaptation dans un monde où la plupart des gens travaillaient pour gagner leur vie. Y étaient programmées des réunions de groupe. Le règlement stipulait la nécessité de pointer régulièrement auprès de son officier d'application des peines. On lui assura qu'on lui trouverait un logement permanent ; il s'imaginait déjà créchant dans une minable pension de famille de Staten Island ou du Bronx… Les conseillers l'aideraient également à obtenir un job.

Packy brûlait d'impatience. Il savait que l'administrateur judiciaire nommé par la Commission des opérations en Bourse pour tenter de retrouver les sommes perdues par les investisseurs le ferait probablement filer. Il lui tardait de pouvoir le semer. Contrairement à ce qui s'était passé treize ans auparavant, quand Manhattan grouillait de policiers lancés à sa recherche. Il allait partir pour le Vermont afin de récupérer son butin quand il avait été arrêté. Ça ne lui arriverait plus.

On l'avait informé qu'il pourrait quitter exceptionnellement The Castle le dimanche matin pour aller à la messe, mais qu'il devrait rentrer dans la soirée. Et il avait prévu la façon exacte dont il sèmerait l'abruti qui était supposé le filer.

À onze heures moins vingt le dimanche matin, Benny et Jo-Jo l'attendraient à l'angle de Madison et de la 51e Rue, dans un minibus muni d'un porte-skis, et ils prendraient la route du Vermont. Suivant ses instructions, Benny et Jo-Jo avaient loué une ferme dans les environs de Stowe voilà six mois. Son seul intérêt était d'être dotée d'une vaste grange délabrée qui abritait en ce moment un camion à plateau.

Dans la maison principale, les jumeaux avaient installé une vieille connaissance, un type sans casier judiciaire à l'air incroyablement naïf et qui s'était montré ravi de garder la maison pour eux.

Ainsi, en cas de ratés, si les flics se mettaient à chercher un camion chargé d'un arbre, il y avait peu de chances qu'ils commencent par fouiller des maisons habitées. Suffisamment de propriétés avec des granges appartenaient à des citadins qui ne venaient skier qu'après Thanksgiving.

J'ai attaché la flasque contenant les diamants à la branche il y a treize ans et demi, se remémora Packy. Un épicéa bleu grandit d'environ quarante-cinq centimètres par an. La branche que j'ai choisie était à environ six mètres du sol à l'époque. Aujourd'hui cette branche devrait se trouver à environ douze mètres de haut. L'ennui, c'est qu'il n'existe aucune échelle aussi haute que ça.

Conclusion, il ne nous reste qu'à transporter l'arbre en entier et si quelqu'un pose des questions indiscrètes, on dira que c'est l'arbre de Noël de Hackensack, dans le New Jersey. Jo-Jo s'est fait faire un faux permis de bûcheron accompagné d'une autorisation bidon du maire de la ville. Ça les calmera.

Packy se creusa en vain la cervelle pour trouver une faille dans son raisonnement. Satisfait, il continua à passer son plan en revue. Amener le camion à la ferme, trouver la branche où était caché le butin et en route pour le Brésil, *cha-cha-cha*.

Toutes ces pensées se pressaient dans sa tête tandis qu'il prenait son dernier petit-déjeuner au pénitencier fédéral et faisait des adieux chaleureux à ses compagnons d'infortune.

« Bonne chance, Packy, dit solennellement Tom, le pickpocket.

– Continue à répandre la bonne parole, l'encouragea un vieux dur à cuire. Tiens la promesse que tu as faite à ta mère et deviens un exemple pour les jeunes. »

Ed, l'avocat qui avait soulagé de quelques millions de dollars les fonds de placement de ses clients, eut un sourire railleur accompagné d'un geste nonchalant de la main. « Je te donne trois mois avant que tu reviennes nous voir. »

Packy dissimula combien cette remarque l'irritait. « Je t'enverrai une carte postale, Ed », dit-il. « Du Brésil », murmura-t-il pour lui-même en suivant le gardien jusqu'au bureau du directeur où l'attendait Thoris Twinning, son avocat commis d'office.

Thoris exultait. « Un jour faste ! s'exclama-t-il. Un jour faste ! Et j'ai d'excellentes nouvelles. J'ai parlé avec l'officier d'application des peines et il vous a trouvé un job. À partir de lundi prochain, vous travaillerez au buffet des crudités de la cafétéria du Palace-Plus, à l'angle de Broadway et de la 97e Rue. »

À partir de lundi prochain une flopée de serveurs me traiteront comme un prince, pensa Packy, arborant le sourire charmeur qui avait si bien séduit Opal Fogarty et les deux cents autres gogos qui avaient investi dans la société de transports maritimes Patrick Noonan. « Les prières de ma mère ont été exaucées », dit-il d'un ton joyeux. Il leva les yeux au ciel et, tandis qu'une expression de ravissement illuminait son visage anguleux, il soupira : « Un boulot honnête avec une paye décente. Exactement ce que maman a toujours désiré pour moi. »

5

« WOUAH ! Quelle superbe voiture ! » s'exclama Opal Fogarty assise sur la banquette arrière de la Mercedes d'Alvirah et de Willy. « Quand j'étais petite, nous avions un pick-up. Mon père disait qu'il se sentait l'âme d'un cow-boy au volant, et ma mère lui répliquait qu'elle partageait son opinion car elle-même avait l'impression de faire du rodéo avec cet engin. Il l'avait acheté sans l'avertir, ce qui l'avait mise en rage ! Le pick-up a duré quatorze ans avant de rendre l'âme au milieu du pont de Triborough à l'heure de pointe. Même mon père a admis qu'il était temps de le remplacer et ma mère est allée avec lui acheter une nouvelle voiture. » Elle rit. « Cette fois, c'est elle qui a choisi. Une Dodge. Elle a failli à nouveau exploser en l'entendant demander s'il pouvait avoir un compteur de taxi en option. »

Alvirah se tourna vers Opal. « Pourquoi cette question ?

– Parce que Dodge était l'un des principaux fournisseurs de taxis de l'époque, expliqua Willy. L'histoire est très drôle, Opal.

– Papa était un homme plutôt amusant, reconnut Opal. Il n'avait jamais un sou en poche, mais se donnait du mal pour s'en sortir. Il avait hérité de deux mille dollars à l'âge de huit ans, et quelqu'un l'avait persuadé de les placer en actions dans une fabrique de parachutes, sous prétexte qu'avec la multiplication des vols commerciaux, tous les passagers seraient munis de parachutes. Je pense que la crédulité est génétique chez nous. »

Alvirah se réjouit d'entendre le rire d'Opal. Il était deux heures et ils se trouvaient sur la Route 91, en direction du Vermont. Plus tôt dans la matinée, Willy et elle faisaient leurs bagages tout en regardant la télévision dans leur chambre, quand un flash avait attiré leur attention. On voyait Packy Noonan quitter la prison fédérale dans la voiture de son avocat. « Je regrette le mal que j'ai pu causer à ceux qui ont investi dans ma société », disait-il. Des larmes coulaient sur ses joues et ses lèvres tremblaient tandis qu'il poursuivait : « Je vais travailler au buffet des crudités du Palace-Plus et je ferai verser dix pour cent de mon salaire à ceux qui ont perdu leurs économies dans la société de transports maritimes Patrick Noonan. »

« Dix pour cent d'un salaire minimum ! Il se fiche du monde », s'était indigné Willy.

Alvirah s'était précipitée sur le téléphone et avait appelé Opal. « Regardez la chaîne 24 », lui avait-elle recommandé. Puis elle avait regretté son impulsion en apprenant qu'Opal s'était mise à pleurer à la vue de Packy. « Oh, Alvirah, penser que cet abominable escroc est libre comme l'air m'a rendue malade, alors que j'ai tellement besoin de prendre une semaine de vacances. Je suis si fatiguée. Croyez-moi, il va finir par rejoindre ses copains qui l'attendent sur la Riviera ou ailleurs avec mon argent plein leurs poches. »

C'était alors qu'Alvirah avait insisté pour qu'Opal les accompagne dans le Vermont. « Nous avons deux chambres spacieuses avec salle de bains dans notre chalet, et le grand air vous fera du bien. Vous pourrez nous aider à déchiffrer la carte et à trouver notre arbre. Il ne produira rien à cette époque, mais j'ai emporté le pot qui nous a été offert. Nous avons la jouissance d'une petite cuisine, je confectionnerai des crêpes pour tout le monde. Et nous goûterons ce fameux sirop. J'ai aussi lu dans le journal que l'arbre du Rockefeller Center doit être abattu dans les environs du chalet pendant notre séjour. Ce sera intéressant d'assister à l'opération, non ? »

Opal s'était laissé facilement convaincre. Et son moral s'améliorait déjà. Pendant le reste du trajet elle ne fit qu'une seule allusion à Packy Noonan. « Je le vois bien en train de travailler derrière un buffet de crudités. Il est capable de mettre les croûtons dans ses poches. »

6

MILO BROSKY regrettait parfois d'avoir fait la connaissance des jumeaux Como. Il les avait rencontrés par hasard dans Greenwich Village voilà vingt ans. Il participait à une réunion de poètes dans l'arrière-salle de l'Eddie's Aurora. Benny et Jo-Jo traînaient au bar.

Je me sentais vraiment bien, se souvenait Milo, tout en savourant une bière dans la pièce principale d'une ferme décrépite à Stowe dans le Vermont. Je venais de lire mon poème qui parlait d'une pêche tombée amoureuse d'une mouche du fruit et l'assistance l'avait apprécié, y trouvant une signification profonde et une tendresse qui ne versait jamais dans la sentimentalité. J'étais tellement content que j'avais décidé de boire une bière avant de rentrer à la maison. C'est ainsi que j'ai rencontré les jumeaux.

Milo avala une autre gorgée. Je n'aurais jamais dû accepter leur proposition, songea-t-il, morose. Bien qu'ils se soient montrés plutôt sympathiques. Ils savaient que je n'avais pas encore percé en tant que poète, et que j'étais prêt à accepter n'importe quel boulot contre un toit où m'abriter. Mais ce toit semble près de s'écrouler aujourd'hui. Je suis sûr qu'ils manigancent quelque chose.

Milo fronça les sourcils. Quarante-deux ans, les cheveux aux épaules, la barbe hirsute, il aurait pu sortir d'un film sur Woodstock en 1969. Ses bras osseux pendaient le long de son long corps maigre. Ses yeux gris au regard naïf avaient une expression bienveillante, et sa voix chantante reflétait le caractère d'un garçon doux et gentil.

Milo savait que, douze ans auparavant, les frères Como avaient dû fuir la ville précipitamment parce qu'ils étaient impliqués dans le procès de Packy Noonan. Il n'avait plus entendu parler d'eux pendant des années, jusqu'à ce jour, six mois plus tôt, où il avait reçu un coup de téléphone de Jo-Jo. Il n'avait pas voulu dire où il se trouvait mais avait demandé à Milo si ça l'intéressait de toucher un paquet de fric sans le moindre risque. Tout ce que Milo avait à faire c'était de trouver une ferme à louer à Stowe dans le Vermont. Il fallait qu'elle possède une grange de grandes dimensions, au moins vingt-sept mètres de long. Jusqu'au premier de l'an, Milo devrait y séjourner pendant de longs week-ends. Il devrait aussi se lier avec les habitants du coin, leur expliquer qu'il était un auteur du genre de J.D. Salinger ou d'Alexandre Soljenitsyne et qu'il avait besoin d'une retraite au fond des bois en Nouvelle-Angleterre afin de pouvoir écrire dans la solitude.

Il était clair que Jo-Jo avait lu les noms de Salinger et de Soljenitsyne quelque part, et qu'il n'avait pourtant aucune idée de qui ils étaient, mais l'offre tombait à pic. Les petits boulots se faisaient rares. Le bail de l'appartement sous les combles venait à expiration et sa propriétaire avait refusé catégoriquement de le renouveler. Elle était incapable de comprendre pourquoi il lui était indispensable d'écrire tard la nuit, bien qu'il ait expliqué que c'était le moment où ses pensées transcendaient le monde ordinaire, et que la musique rap jouée à plein tube donnait des ailes à son inspiration poétique.

Il n'avait pas mis longtemps à trouver une ferme aux environs de Stowe et s'y était installé. Même si les versements réguliers effectués sur son compte en banque lui avaient permis de garder la tête hors de l'eau, ils ne lui donnaient pas la possibilité de louer un autre appartement à New York. Les prix étaient astronomiques et Milo regrettait le jour où il avait dit à sa propriétaire que s'il mettait la musique aussi fort c'était pour couvrir le bruit de ses ronflements. Bref, Milo n'était pas heureux. Il en avait marre de la campagne ; l'animation, l'effervence de Greenwich Village lui manquaient. Il aimait la compagnie et avait invité quelques résidents de Stowe à ses lectures de poésie. Mais plus personne n'était revenu après les deux premières soirées. Jo-Jo avait promis qu'il recevrait une prime de cinquante mille dollars à la fin de l'année. Milo commençait à soupçonner que la ferme et sa présence avaient un rapport avec la sortie de prison de Packy Noonan.

« Je ne veux pas avoir d'ennuis, avait-il dit à Jo-Jo lorsqu'ils s'étaient parlé au téléphone.

– Des ennuis ? Qu'est-ce que tu veux dire ? avait répliqué l'autre d'un ton affligé. Comment pourrais-je attirer des ennuis à un bon ami ? Qu'est-ce que tu as fait de mal ? Tu as loué une ferme. C'est un crime ? »

Un coup frappé à la porte interrompit les pensées de Milo. Il se précipita et resta pétrifié à la vue de ses visiteurs, deux hommes corpulents et trapus en tenue de ski, avec derrière eux un semi-remorque chargé de deux sapins aux branches emmêlées. Sur le moment, il ne les reconnut pas, puis il s'écria : « Jo-Jo ! Benny ! » Les serrant dans ses bras, il se rendit compte à quel point ils avaient changé.

Jo-Jo avait toujours été du genre enveloppé, mais il avait pris au moins dix kilos et ressemblait à un énorme matou. Benny avait la même taille, environ un mètre soixante-cinq, mais Milo se souvenait d'un type mince comme un coup de trique. Il avait pris du poids lui aussi et, bien qu'il soit moitié moins volumineux que Jo-Jo, il commençait à lui ressembler.

Jo-Jo abrégea les préliminaires. « Tu as mis un cadenas sur la porte de la grange, Milo. Bonne idée. Ouvre-le.

– Tout de suite. Tout de suite. »

Milo alla en traînant les pieds dans la cuisine

où la clé du cadenas était suspendue à un clou. Au téléphone, Jo-Jo s'était montré très précis sur les dimensions de la grange. Les deux compères avaient une idée derrière la tête, lorsqu'ils l'avaient engagé. Il espérait qu'ils ne verraient pas d'inconvénient au fait qu'elle était équipée de stalles. Le propriétaire s'était ruiné en élevant des chevaux de course censés rapporter gros. En réalité, d'après les rumeurs qui circulaient, il faisait toujours courir de malheureux canassons qui se remplissaient le ventre à en éclater et s'asseyaient dès que le départ était donné.

« Grouille-toi, Milo », criait Benny, bien que Milo n'ait pas mis plus de trente secondes pour aller chercher la clé. « Pas envie qu'un plouc du coin se ramène pour écouter tes poèmes et se trouve nez à nez avec le camion. »

Pourquoi ? se demanda Milo. Mais, sans prendre le temps d'attraper un manteau ou de répondre à sa propre question, il s'élança au-dehors et courut ôter le cadenas, avant d'ouvrir en grand les portes de la grange.

Il faisait très froid et il frissonna. Dans le jour finissant, Milo distingua une autre voiture derrière le camion à plateau, un minibus avec un porte-skis sur le toit. Peut-être ont-ils l'intention de faire du ski, pensa-t-il. C'est drôle, je n'aurais jamais cru qu'ils étaient sportifs.

Milo alluma l'électricité et vit aussitôt la consternation se peindre sur le visage de Jo-Jo.

« Qu'est-ce que c'est que ces stalles ? demanda-t-il.

– On y mettait des chevaux autrefois. »

Milo ignorait pourquoi il se sentait brusquement nerveux. J'ai fait tout ce qu'ils m'ont demandé, songea-t-il, pour quelle raison suis-je inquiet ?

« Elle a les dimensions voulues, se défendit-il de sa voix chantante, et il n'y a pas beaucoup de granges de cette taille.

– Ouais, d'accord. Pousse-toi de là. »

D'un geste impérieux du bras, Jo-Jo fit signe à Benny de faire entrer le camion.

Benny avança lentement dans l'ouverture de la porte et un violent craquement confirma qu'il avait accroché la première stalle, craquement qui se répéta à intervalles réguliers jusqu'à ce que le camion ait entièrement pénétré dans la grange. L'espace disponible était si limité que Benny dut descendre du côté du passager, entrouvrir la porte et s'aplatir contre les parois des stalles pour se glisser au-dehors.

Ses premiers mots en retrouvant Jo-Jo et Milo sur le seuil de la grange furent : « Je boirais bien une bière. Peut-être deux ou trois. Tu as de quoi manger, Milo ? »

Durant les six mois où il avait gardé la ferme, n'ayant pas grand-chose à faire à part écrire ses poèmes, Milo avait appris à cuisiner. Il se félicita d'avoir de la sauce tomate fraîche dans le réfrigérateur. Il se souvenait que les jumeaux adoraient les pâtes.

Un quart d'heure plus tard, les deux hommes buvaient tranquillement leur bière à la table de la cuisine, tandis que Milo faisait réchauffer la sauce et mettait de l'eau à bouillir. Pendant qu'il s'affairait dans la pièce, il les entendit avec effroi prononcer à voix basse le nom de « Packy » et comprit que son intuition était bonne : la ferme avait un lien avec la libération de Packy Noonan.

Mais *lequel ?* Et quel rôle jouait-il dans cette histoire ? Il attendit d'avoir déposé le plat de pâtes fumantes devant les jumeaux et dit sans ambages : « Si tout ça a un rapport quelconque avec Packy Noonan, je ne reste pas une minute de plus ici. »

Jo-Jo sourit. « Sois raisonnable, Milo. Tu as loué cet endroit à notre intention alors que tu savais que nous étions en cavale. On a versé du fric sur ton compte pendant six mois. Tout ce qui te reste à faire, c'est attendre tranquillement et écrire tes poèmes et, dans deux jours, tu recevras cinquante mille dollars en liquide et tu seras libre de regagner tes pénates.

– Dans deux jours ? » s'étonna Milo, incrédule, se représentant sa future existence avec cinquante mille dollars.

Il pourrait trouver un endroit correct où habiter dans le Village. Fini les emplois précaires pendant au moins les deux prochaines années ! Personne n'était capable de faire durer un dollar aussi longtemps que lui.

Benny l'observait. Il hocha la tête d'un air satisfait. « Comme je l'ai dit, tu n'as rien d'autre à faire que rester tranquille et écrire un poème. Un joli poème sur un arbre.

– Quel arbre ?

– Nous ne sommes pas plus avancés que toi sur la question. Mais nous saurons tout très bientôt. »

7

JE N'ARRIVE PAS à croire que je suis en train de dîner en compagnie non seulement d'Alvirah et de Willy, mais de la célèbre Nora Reilly, son mari Luke, leur fille Regan et son fiancée, Jack, pensait Opal. Ce matin, après avoir vu ce bandit de Packy Noonan à la télévision, j'ai eu envie de me fourrer la tête sous les couvertures et de ne plus jamais sortir du lit. Preuve que les choses peuvent changer.

Et ils étaient tous si gentils avec elle. Ils venaient de lui raconter l'enlèvement de Luke, retenu en otage dans un houseboat sur l'Hudson avec son chauffeur, une jeune mère de famille, expliquant, pour finir, qu'ils seraient morts noyés si Alvirah et Regan ne les avaient pas sauvés.

« Alvirah et moi formons une bonne équipe,

dit Regan. D'ailleurs, j'aimerais que nous réfléchissions ensemble au moyen de récupérer votre argent, Opal. Vous êtes convaincue que ce Packy Noonan l'a caché quelque part, n'est-ce pas ?

– C'est sûr et certain, affirma avec vigueur Jack Reilly. Cette affaire a été jugée par le tribunal fédéral et nous ne nous en sommes pas occupés, mais il y a gros à parier que ce type a planqué l'argent. Si vous faites le total des sommes dépensées par Packy, selon les fédéraux, il manque entre soixante-dix et quatre-vingts millions de dollars. Il les a sans doute déposés sur un compte numéroté en Suisse ou aux îles Caïmans. »

Jack buvait lentement son café. Il avait passé son bras autour du dossier de la chaise de Regan. En voyant le regard qu'il posait sur elle, Opal regretta de n'avoir jamais rencontré quelqu'un d'aussi exceptionnel au cours de son existence. C'est la séduction même, pensa-t-elle, et Regan est ravissante. Jack avait des cheveux blonds ondulés, des yeux noisette tirant sur le vert, et des traits réguliers dominés par une mâchoire volontaire. Regan et lui étaient entrés ensemble dans la salle à manger, se tenant par la main. Regan était grande mais Jack, avec sa carrure d'athlète, la dépassait d'une bonne tête.

Bien que ce fût la mi-novembre une chute de neige précoce signifiait qu'il y aurait de la poudreuse sur les pistes et sur les pentes. Demain les Reilly allaient faire du ski. C'est curieux tout de même que Jack porte lui aussi le nom de Reilly, pensa Opal. Elle avait décidé d'accompagner Alvirah et Willy en forêt à la recherche de l'arbre qui leur avait été offert. Alvirah, qui avait pourtant prévu de se consacrer à la lecture, avait décrété qu'un peu d'exercice lui ferait du bien. Aussi étaient-ils convenus de prendre une leçon de ski de fond dans l'après-midi. Alvirah lui avait raconté que Willy et elle avaient eu l'occasion d'en faire et qu'il n'était pas sorcier de garder son équilibre. En outre, c'était un sport très amusant.

Opal n'était pas certaine qu'elle trouverait ce genre d'exercice amusant, mais elle était prête à essayer. Elle avait été bonne en gymnastique jadis, au lycée, et elle pratiquait toujours la marche pour se maintenir en forme.

« Tu as le regard vague de l'écrivain plongé dans ses réflexions », fit Luke, s'adressant à Nora.

Nora sirotait son cappuccino. « Je me souviens de mon intérêt passionné pour l'histoire de la famille von Trapp. J'ai lu le livre de Maria bien avant de voir le film. Et je trouve formidable d'être ici en sachant qu'un arbre planté sous ses yeux a été choisi pour décorer le Rockefeller Center cette année. Avec toutes les tragédies qui frappent le monde, il est réconfortant de penser que les enfants de New York feront fête à l'arbre de Maria von Trapp. C'est un événement unique.

– En fait, l'arbre se dresse non loin d'ici, il profite de son dernier week-end dans le Vermont, dit Luke de son ton pince-sans-rire. Lundi matin, avant notre départ, nous pourrions nous rendre sur les lieux de son abattage et lui adresser un baiser d'adieu.

– À la radio, dans la voiture, j'ai entendu qu'il doit être débarqué de la péniche à Manhattan le mercredi matin, annonça Alvirah. Nous devrions aussi aller assister à son arrivée au Rockefeller Center. J'aimerais voir les enfants des écoles et les entendre chanter. »

Mais à l'instant où ces paroles sortaient de sa bouche, Alvirah eut soudain un curieux pressentiment. Elle parcourut des yeux l'agréable salle à manger. Les convives s'attardaient à la fin du dîner, souriant, bavardant tranquillement. Pourquoi cette intuition qu'une menace se profilait à l'horizon et qu'Opal en serait la cible ? Je n'aurais pas dû l'inviter à nous accompagner. Pour une raison que j'ignore, elle court un danger ici.

8

LA PREMIÈRE NUIT de Packy au Castle fut d'un niveau de confort à peine supérieur, à son avis, à celui offert par le pénitencier fédéral. On l'enregistra, on lui indiqua un lit, non sans lui avoir expliqué pour la énième fois le règlement. Il s'assura aussitôt qu'il pourrait quitter les lieux le dimanche matin, expliquant qu'en bon catholique il ne manquait jamais la messe. Il ajouta que c'était l'anniversaire de la mort de sa mère. Packy avait depuis longtemps oublié la date précise de sa mort, mais il avait la larme facile quand il le fallait, et le sourire humble qui accompagna sa déclaration : « Que Dieu la bénisse car elle n'a jamais désespéré de moi » incita le conseiller de l'établissement à lui promettre qu'il pourrait assister seul à la messe du dimanche.

Rien de particulier ne vint marquer la journée du lendemain ni le surlendemain matin. Packy écouta sagement les sermons l'informant qu'il risquait de retourner en prison s'il n'observait pas à la lettre les règles de sa libération conditionnelle. Au réfectoire, il imagina les repas qu'il ferait dans les meilleurs restaurants du Brésil après la transformation de son visage. Dans la chambre qu'il partageait avec deux anciens prisonniers récemment libérés il s'assoupit en rêvant des draps les plus fins, de pyjamas de soie, et qu'il mettait enfin la main sur la flasque remplie de diamants.

Le dimanche matin, le jour se leva vif et clair. La première chute de neige avait eu lieu deux semaines plus tôt et on en prévoyait une autre dans les heures prochaines. Un véritable hiver s'annonçait, comme autrefois, mais ces pronostics laissaient Packy de marbre. Il n'avait pas l'intention de partager la mauvaise saison avec ses concitoyens.

Pendant les années de son incarcération, il s'était arrangé pour garder le contact avec les frères Como en payant certains visiteurs des autres prisonniers pour qu'ils postent ses lettres aux jumeaux et lui transmettent en retour leurs réponses. Pas plus tard que la semaine passée, Jo-Jo avait confirmé qu'ils le retrouveraient derrière Saint-Patrick. Il lui recommandait d'assister à la messe de dix heures quinze puis d'aller faire un tour à pied dans Madison Avenue.

Benny et Jo-Jo seront là. Je ne vois pas pourquoi ils n'y seraient pas, se dit-il. À huit heures, il franchit la porte du Castle et sortit dans la rue. Il avait décidé de faire à pied le trajet de quarante blocs, non parce qu'il avait envie de prendre de l'exercice, mais parce qu'il serait sûrement suivi et voulait offrir à l'homme qui le prendrait en filature une bonne séance de mise en forme.

Il croyait entendre les instructions données au type chargé de le pister : « Ne le quitte pas des yeux. Tôt ou tard, il va nous mener à l'endroit où il a planqué le fric. »

« Compte là-dessus », marmonna Packy en marchant d'un pas pressé le long de Broadway. À plusieurs reprises, en s'arrêtant aux feux de signalisation, il regarda autour de lui, mine de rien, comme ravi par la vue d'un monde dont il avait été privé pendant si longtemps. Il repéra très vite l'homme qui le filait, un malabar déguisé en jogger.

Tu parles d'un coureur à pied, pensa Packy. Il aura de la veine s'il ne me perd pas avant que nous arrivions à Saint-Patrick.

Le dimanche matin, la messe de dix heures et quart était toujours la plus fréquentée. C'était celle où chantait le chœur au complet et où le cardinal en personne officiait. Packy savait exactement où il prendrait place. Sur le côté droit, dans les rangées de devant. Il attendrait le moment de la communion et se joindrait à la file avec tout le monde. Puis, juste avant que son tour n'arrive, il sortirait de la queue, couperait vers la gauche de l'autel pour rejoindre le long couloir qui menait à l'hôtel particulier de Madison Avenue où se trouvaient les bureaux du diocèse. Lorsqu'il était au lycée, les gosses de sa classe se rassemblaient dans ce bâtiment avant de se diriger en rang vers la cathédrale.

Jo-Jo et Benny l'attendraient avec le minibus dans Madison Avenue, à l'entrée du bâtiment du diocèse, et ils auraient filé avant même que le gorille attaché à ses trousses ait une chance de le rattraper.

Packy arriva à la cathédrale en avance et alluma un cierge devant la statue de saint Antoine. « Je sais que vous aidez les gens qui vous prient à retrouver quelque chose qu'ils ont perdu, rappela-t-il au saint, mais le truc que je veux récupérer n'est pas perdu, il est *caché*. Je n'ai donc pas besoin de vous pour ça. Ce que je vous demande, c'est de m'aider à semer ce gros lard de jogger. »

Ses mains étaient jointes, comme en prière, un geste qui lui permettait de dissimuler un petit miroir au creux de ses paumes. Il pouvait ainsi suivre les mouvements dudit gros lard qui avait pris place sur un banc voisin.

À dix heures un quart, Packy attendit que le cortège des officiants se mette en route depuis le fond de l'église. Puis il remonta rapidement l'allée et se glissa au bout du banc de la sixième rangée. Il constata dans son miroir que quatre rangées derrière lui le jogger n'avait pas trouvé de place en bout de rang et avait dû déranger deux vieilles dames avant de pouvoir s'asseoir.

Vive les vieilles dames, pensa Packy ! Elles veulent toujours être au bord de l'allée. Elles ont peur de manquer quelque chose en s'écartant pour faire place à un nouvel arrivant.

Lui apparut alors un problème qu'il n'avait pas prévu : la cathédrale grouillait d'agents de sécurité. Même un enfant de deux ans aurait remarqué que certains des appariteurs en veste lie-de-vin n'étaient pas là uniquement pour placer les fidèles. En outre, quelques flics en tenue étaient postés à l'intérieur.

Inquiet pour la première fois, décontenancé, Packy observa la scène avec encore plus d'attention. Des gouttes de sueur perlèrent sur son front quand il s'aperçut qu'il devrait jouer serré. La sortie sur le côté droit était sa meilleure chance. Le moment opportun pour bouger serait la lecture de l'Évangile. Tout le monde se lèverait à cet instant et il pourrait s'éclipser avant que le jogger ne s'aperçoive de sa disparition. Il tournerait alors sur sa gauche, franchirait au pas de course la moitié de la rue jusqu'à Madison Avenue et remonterait l'avenue jusqu'au minibus. Pourvu que Jo-Jo et Benny soient bien là ! pria-t-il in petto. Sinon, tenta-t-il de se rassurer, même s'il était suivi, quitter l'église plus tôt que prévu ne constituait pas une entorse à sa libération conditionnelle et à l'autorisation d'aller seul à la messe.

Son moral remonta. Il vit dans son miroir qu'une autre personne s'était installée sur le banc du jogger. Comme il l'avait parié, les vieilles dames étaient sorties dans l'allée pour la laisser prendre place, et le jogger était à présent coincé à côté d'un jeune homme athlétique qui ne serait pas facile à faire bouger.

« Méditons sur nos existences, sur ce que nous avons fait et ce que nous n'avons pas su accomplir », disait le cardinal qui officiait.

C'était la dernière chose à laquelle Packy voulait réfléchir. On lisait l'Épître. Packy ne l'entendit pas. Il était trop concentré sur la façon dont il allait s'enfuir.

« Alléluia », chantait le chœur.

L'assistance se leva. À peine le dernier fidèle était debout, que Packy avait déjà atteint la porte latérale de la cathédrale qui donnait sur la 50ᵉ Rue. Avant le deuxième alléluia, il courait dans Madison Avenue. Avant la dernière note prolongée du troisième « Al...lé...lu...ia », il avait repéré le minibus, ouvert la porte, sauté à l'intérieur, et était parti.

Dans la cathédrale le jeune costaud était furieux : « Dites donc, disait-il au jogger, j'ai failli renverser ces dames en vous laissant passer devant moi. Un peu de calme, mon vieux. »

9

LE DIMANCHE après-midi, c'est une Alvirah admirative qui accueillit Opal : « Vous êtes une skieuse-née, ma chère ! »

Le charmant visage d'Opal s'illumina. « J'étais assez bonne en sport à l'école, dit-elle. Je faisais partie de l'équipe de softball. Je crois être naturellement coordonnée dans mes mouvements. Quand j'ai chaussé ces skis de fond, j'ai eu l'impression de danser dans l'air.

– En tout cas, vous nous avez laissés loin derrière vous, Alvirah et moi, fit remarquer Willy. Vous avez démarré comme une flèche. »

Il était cinq heures. Une flambée réchauffait la pièce principale du chalet où ils savouraient un verre de vin. Ils avaient remis à plus tard leur projet de retrouver l'arbre d'Alvirah. Le samedi, quand ils s'étaient présentés à l'école de ski de fond, on leur avait dit qu'il ne restait presque plus de places aux cours de l'après-midi. Ils s'étaient donc inscrits aux leçons du matin. Puis, pendant le déjeuner, ils avaient appris que quelqu'un s'était désisté au cours de l'après-midi et Opal avait pris sa place.

Le dimanche, après avoir assisté à la messe à l'Église du Saint-Sacrement et fait une heure de ski, Alvirah et Willy en avaient eu assez et étaient rentrés au chalet, prendre une tasse de thé et faire un somme. Les ombres s'allongeaient lorsque Opal les avait rejoints. Alvirah commençait à s'inquiéter quand elle arriva en ski jusqu'au chalet, les joues roses, ses yeux bleus étincelants.

« Oh, Alvirah, soupira-t-elle en déchaussant ses skis. Je n'ai jamais été aussi heureuse depuis... » Elle s'interrompit et le sourire quitta ses lèvres.

Alvirah savait très bien ce qu'elle s'apprêtait à dire : « Je n'ai jamais été aussi heureuse depuis le jour où j'ai gagné à la loterie. »

Mais Opal ne mit pas longtemps à retrouver son entrain. « J'ai passé des moments merveilleux. Je ne vous remercierai jamais assez de m'avoir invitée. »

Les Reilly, Nora, Luke, Regan et son fiancé Jack avaient eux aussi passé la journée à skier. Ils avaient prévu avec Alvirah de se retrouver tous pour le dîner dans la salle à manger principale de la Lodge. Dans le feu de la conversation, Regan leur raconta l'une de ses affaires préférées – celle d'une vieille dame de quatre-vingt-treize ans qui s'était fiancée avec son conseiller financier et l'avait épousé trois jours plus tard. Elle avait, en secret, prévu de donner deux millions de dollars à chacun de ses quatre neveux et nièces s'ils assistaient tous au mariage.

« En fait, il s'agissait de son cinquième mariage, expliqua Regan. Les neveux et nièces ont eu vent de ses intentions et ont tout laissé tomber pour faire acte de présence. On les comprend. À l'exception d'une nièce, actrice de son métier, qui était partie en week-end aux Caraïbes. Elle avait fermé son téléphone mobile et personne ne savait où elle se trouvait. J'ai été chargée de la retrouver et de l'amener au mariage afin que ses cousins puissent recevoir leur dû.

– Sortez vos mouchoirs, commenta Luke.

– Pour deux millions de dollars, je me serais

transformé en demoiselle d'honneur, dit Jack en riant.

– Ma mère écoutait régulièrement un programme de radio intitulé “M. Keen sur la trace des personnes disparues”, se rappela Opal. Vous auriez pu prendre sa place.

– J'ai retrouvé quelques personnes disparues à une époque, reconnut Regan.

– Et certaines d'entre elles se seraient mieux portées si tu ne les avais pas prises en filature, ajouta Jack avec un sourire. Elles ont terminé derrière les barreaux. »

Le dîner fut aussi agréable que celui de la veille. Des gens charmants, une cuisine raffinée, un environnement de rêve, et le plaisir de pratiquer un sport nouveau. Opal était aux anges. Elle se sentait à des lieues du Village Eatery où elle avait travaillé durant les vingt dernières années, à l'exception des quelques mois où l'argent de la loterie était resté sur son compte en banque. Non que l'endroit fût désagréable. C'était un fast-food assez haut de gamme car il possédait une licence de vente d'alcool et un bar séparé. Mais les plateaux pesaient lourd et la clientèle était plutôt composée d'étudiants dont la plupart se disaient fauchés. Ce qui, aux yeux d'Opal, n'était pas une excuse pour laisser des pourboires riquiqui.

À voir la façon dont vivaient Alvirah et Willy depuis qu'ils avaient gagné à la loterie, et dont Herman Hicks avait utilisé une partie de ses gains pour acheter ce superbe appartement, Opal se reprochait encore davantage sa naïveté et la confiance qu'elle avait accordée à ce menteur patenté de Packy Noonan au point de perdre toute chance de profiter d'un peu de confort et même de luxe. Et il lui était encore plus douloureux d'entendre Nora parler avec excitation du futur mariage de Regan et de Jack. La nièce d'Opal, sa petite préférée, épargnait sou à sou pour se marier.

« Je dois faire attention, tante Opal, lui avait dit Kristy. Les professeurs gagnent peu. Maman et papa n'ont pas les moyens de m'aider et tu n'as pas idée du prix que coûte même un modeste mariage. »

Kristy, la fille du plus jeune frère d'Opal, habitait Boston. Elle avait suivi ses études à l'université grâce à une bourse après s'être engagée à enseigner dans une école des quartiers pauvres de la ville, ce qu'elle faisait à l'heure actuelle. Tim

Cavanaugh, le jeune homme qu'elle devait épouser, suivait des cours du soir pour passer sa maîtrise de comptabilité. Ils formaient un couple charmant, entouré d'une quantité d'amis. J'aurais tellement aimé pouvoir leur offrir un beau mariage, regretta Opal, et les aider à meubler leur première maison. Si seulement...

Si j'avais su, si j'avais pu, si j'avais été, si, si, si... Ça suffit. Pense à autre chose.

Le « autre chose » qui lui vint à l'esprit était le fait que le groupe de six personnes avec lequel elle avait skié samedi après-midi était passé devant une ferme isolée à trois kilomètres de là. Au milieu de l'allée, un homme était en train de charger des skis sur le toit d'un minibus. Elle l'avait juste entraperçu mais, pour une raison étrange, il lui avait semblé familier, comme si elle l'avait rencontré récemment. Il était petit et trapu, mais pas plus que la moitié des gens qui venaient au restaurant. C'est un individu comme un autre, voilà tout. Il n'y a rien à en dire de plus. Pourtant, le souvenir de cet homme continuait à l'obséder.

« Ça vous convient, Opal ? » demandait Willy.

Avec un sursaut, Opal se rendit compte que

c'était la seconde fois que Willy lui posait la question. De quoi parlait-il ? Ah oui. Il proposait de prendre un petit-déjeuner tôt le lendemain matin, puis d'aller en skis regarder l'abattage du sapin du Rockefeller Center, et ensuite de partir à la recherche de l'arbre d'Alvirah, de revenir à la Lodge, de déjeuner et de s'apprêter pour le voyage du retour.

« C'est parfait pour moi, répondit rapidement Opal. Je voudrais acheter un appareil photo et prendre quelques vues avant de partir.

– Ne vous donnez pas cette peine, l'interrompit Nora. J'ai un appareil. J'ai l'intention de prendre une photo de l'arbre d'Alvirah et de l'envoyer à notre courtier. Il ne nous a jamais offert autre chose qu'un cake aux fruits jusqu'ici.

– Un pot de sirop d'érable et un arbre à saigner à des kilomètres de l'endroit où vous habitez, c'est ce que j'appelle une dépense somptuaire ! s'exclama Alvirah. Les gens chez lesquels je faisais le ménage recevaient des magnums de champagne en cadeau de la part de leurs courtiers.

– C'était l'époque où les toilettes étaient munies d'une chaîne, dit Willy avec un geste significatif de la main. Aujourd'hui, vous pouvez vous estimer heureux si votre courtier n'envoie pas en votre nom à un organisme de charité dont vous n'avez jamais entendu parler une somme dont vous ne connaîtrez jamais le montant.

– Dieu soit loué, dans ma profession les gens préfèrent ne pas entendre parler de nous, surtout pendant les vacances », fit Luke de sa voix traînante.

Regan rit. « Allons, tout ça n'a aucune importance. J'ai hâte de voir abattre le sapin du Rockefeller Center. Songez à tous ces gens qui vont le regarder briller de tous ses feux à la période de Noël. Ensuite, ce sera amusant de suivre le plan qui doit nous conduire à l'arbre d'Alvirah. »

Regan ne pouvait savoir que leur joyeuse excursion se transformerait en cauchemar le lendemain quand Opal s'aventurerait en skis jusqu'à la ferme où elle avait repéré cet homme trapu qu'elle avait cru reconnaître. La ferme où Packy Noonan venait justement d'arriver.

10

J'AI L'IMPRESSION de me trouver dans *La Petite Maison dans la prairie*, pensa Milo en soulevant le couvercle de la grande cocotte dans laquelle mijotait du bœuf en daube. On était dimanche, le jour tombait et une atmosphère confortable régnait dans la ferme qu'embaumaient les effluves provenant de la cuisine. Il regarda par la fenêtre et vit qu'il commençait à neiger. Malgré l'aspect chaleureux de la scène, il lui tardait d'en avoir fini avec ce job, de partir d'ici, de retourner à Greenwich Village. Il avait besoin de l'émulation des lectures, du contact avec les autres poètes. Ils l'écoutaient avec attention réciter ses œuvres, applaudissaient, faisaient parfois part de l'émotion qu'ils ressentaient à l'entendre. Même s'ils n'en pensaient pas un mot, ils feignaient à merveille l'enthousiasme. Ils me procurent l'encouragement dont j'ai besoin, se disait-il.

Les jumeaux l'avaient prévenu qu'ils seraient de retour à la ferme dans la soirée du dimanche peu après six heures. « Et n'oublie pas de préparer le dîner », avaient-ils ajouté. Ils étaient partis le samedi après-midi et s'ils lui avaient paru nerveux à leur arrivée avec le camion, ce n'était rien en comparaison de leur agitation au moment de leur départ en minibus. Quand il avait demandé innocemment où ils allaient, Jo-Jo avait aboyé : « C'est pas tes oignons. »

Je lui ai conseillé de prendre un calmant, se souvint Milo. J'ai cru qu'il allait exploser de rage. Ensuite, il a ordonné à Benny d'ôter les skis qui étaient sur le toit du minibus et de les y remettre en les arrimant convenablement. L'un d'eux était mal attaché, et il n'aurait plus manqué qu'il tombe sur l'autoroute et heurte une voiture de flics. « Espèce de crétin, tu veux qu'on ait la police de l'État sur le dos, qu'ils mettent la main sur nos permis de conduire trafiqués ? »

Puis, un quart d'heure après, il s'était remis à hurler, sommant Benny de rentrer en quatrième vitesse parce qu'un groupe de skieurs traversaient le champ devant la ferme. « Il y a sûrement un flic parmi eux. Si je me souviens bien, on t'a vu à la télé le jour où ils ont fait cette émission sur Packy. Tu aimerais peut-être prendre sa couchette au pénitencier ? »

Les jumeaux sont dans un tel état de panique qu'ils perdent les pédales, avait pensé Milo, mais à la réflexion, il n'était pas mieux loti qu'eux. Il était clair que leur voyage comportait un risque. S'ils étaient arrêtés et faisaient allusion à lui, on pourrait l'accuser d'avoir hébergé des fugitifs, voire pire. Il n'aurait jamais dû s'associer avec des individus en cavale. Il était prêt à parier que leur petite excursion avait un rapport avec la sortie de taule de Packy Noonan. À qui ferait-il croire que, treize ans auparavant, il ignorait que les frères Como avaient disparu au moment précis où Packy avait été arrêté, et qu'il n'avait eu aucun contact avec eux depuis ? Jusqu'à aujourd'hui, naturellement, rectifia-t-il.

Non, personne ne le croirait.

Jo-Jo et Benny avaient échappé à la justice durant des années et, à voir leur silhouette rebondie et leur nouvelle dentition étincelante, ils avaient dû bien vivre. Ils avaient certainement disposé d'une partie de l'argent de l'escroquerie menée par Packy. Pourquoi dans ce cas prendre le risque de revenir ?

Packy a payé sa dette à la société, pensa Milo, mais il est en liberté surveillée. D'après ce que j'ai pu saisir en douce de leur conversation, les deux loustics projettent de quitter les États-Unis d'Amérique dans les prochains jours. Pour aller où ? Avec quoi ?

Milo piqua un morceau de viande dans la cocotte et l'enfourna dans sa bouche. Jo-Jo et Benny étaient restés en sa compagnie pendant moins de vingt-quatre heures et, en ce court laps de temps, toutes ces années où ils s'étaient perdus de vue s'étaient dissipées. Avant que l'humeur de Jo-Jo ne tourne au vinaigre, ils avaient ri en évoquant le bon vieux temps. Benny, après avoir sifflé deux bouteilles de bière, l'avait même invité à venir les voir au Bré...

À ce souvenir, Milo eut un sourire. Benny avait commencé à dire « Bré... », et Jo-Jo l'avait fait taire. Au lieu de prononcer « Brésil », comme il en avait l'intention, Benny avait bredouillé : « Bro, non, Bora-Bora. »

Benny n'avait jamais eu l'esprit vif.

Il mit le couvert. Si par hasard les jumeaux débarquaient avec Packy Noonan, ce type aimerait-il le bœuf en cocotte ou avait-il mangé trop de ragoût en prison ? De toute façon, personne ne le prépare comme *moi*, se rassura Milo. Et si quelqu'un n'aime pas la daube, il reste des spaghettis en sauce. D'après ce qu'il avait entendu dire, Packy pouvait se montrer odieux quand les choses n'allaient pas comme il le souhaitait. Pourtant, il ne lui déplaisait pas de le rencontrer, a priori. Indéniablement, c'était quelqu'un qui possédait ce que l'on appelle du charisme. Voilà pourquoi son procès avait fait tant de bruit. Les gens sont fascinés par les criminels dotés de ce genre de magnétisme.

Une salade verte avec des copeaux de parmesan, des biscuits faits maison et une glace viendraient compléter un repas qui aurait satisfait la reine d'Angleterre si elle s'était présentée à la porte. Les assiettes ébréchées et dépareillées ne sont certes pas dignes d'une reine, pensa Milo, mais qu'importe. Les jumeaux ne s'en rendront même pas compte. Quelle que soit la somme sur laquelle ils ont mis la main, ils resteront toujours les mêmes rustres. Comme le disait maman : « Milo, mon chéri, la classe ne s'achète pas ! »

Il n'y avait rien d'autre à faire qu'à attendre leur arrivée. Il alla à la porte d'entrée et l'ouvrit. Il jeta un coup d'œil à la grange et s'interrogea à nouveau. Que diable comptent-ils faire de ce camion à plateau ? S'ils ont décidé d'aller au *Br-Br-Brésil*, ce n'est sûrement pas avec ce type de véhicule qu'ils y parviendront. Il y avait deux malheureux pins déplumés sur la plate-forme quand ils étaient arrivés. La veille, Benny les avait jetés dans une des stalles.

Peut-être devrais-je écrire un poème sur un arbre, songea Milo en claquant la porte. Il se dirigea vers le vieux secrétaire déglingué de la pièce principale que l'agent immobilier avait eu le culot de qualifier d'antiquité. Il s'assit et ferma les yeux.

Un arbre miteux dont personne ne veut plus. On le jette dans une stalle d'écurie où croupit un vieux canasson destiné à l'abattoir. L'arbre et le cheval sont terrifiés. L'arbre sait qu'il va finir dans la cheminée.

Au début, l'arbre et le cheval n'ont rien à se dire. Mais comme le malheur aime la compagnie et que leur sort est lié, ils deviennent amis. L'arbre raconte au canasson qu'il n'a jamais pu grandir et que tout le monde l'appelait Courtaud : c'est pour cette raison qu'on l'a fourré dans cette stalle. Le tocard lui révèle alors que pendant la seule course qu'il aurait pu gagner, il s'est assis au moment du signal du départ, mort de fatigue à l'avance. Tocard saisit alors Courtaud par une branche, le jette sur son dos, s'échappe de la stalle et part au galop en direction de la forêt, où ils vivent heureux depuis lors...

Les larmes aux yeux, Milo secoua la tête. « Il arrive qu'un poème me vienne à l'esprit comme ça, d'un seul jet », dit-il tout haut. Il renifla, prit une feuille de papier et se mit à écrire.

11

DÈS L'INSTANT où il repéra le minibus dans Madison Avenue, Packy Noonan s'aperçut qu'en treize ans le Q.I. des jumeaux Como ne s'était pas amélioré. Sautant sur la banquette arrière et claquant la portière derrière lui, il s'exclama, furieux : « Qu'est-ce que vous foutez avec ces skis ? Pourquoi ne pas mettre un écriteau : VÉHICULE TRANSPORTANT PACKY NOONAN ?

– Quoi ? » ronchonna Benny, stupéfait.

Jo-Jo était au volant. Il appuya sur l'accélérateur et atteignit en une fraction de seconde le feu de croisement qui passa brusquement au rouge. Il pila, préférant ne pas prendre de risque, surtout avec un agent de la circulation au milieu du carrefour. Même si le flic leur tournait le dos, mieux valait ne pas brûler un feu.

« Je vous avais dit d'installer les skis après m'avoir ramassé, dit Packy d'un ton excédé. De cette façon, si quelqu'un m'avait vu courir dans la rue, il aurait pensé que j'étais monté dans un minibus. C'est plus tard que nous devions nous arrêter pour les mettre sur le toit. Ils chercheraient un vieux minibus quelconque, sans skis. Vous n'êtes que deux crétins. Vous auriez pu aussi bien le couvrir d'autocollants du style : SI VOUS AIMEZ JÉSUS, KLAXONNEZ ! »

Jo-Jo tourna la tête. « On a risqué notre peau pour venir te chercher, Packy. On n'y était pas obligés, tu sais.

– Démarre ! hurla Packy. Le feu est vert. Tu as besoin d'une carte d'invitation pour accélérer ? »

Pour un dimanche matin la circulation était plus dense qu'à l'accoutumée. Jo-Jo remonta lentement le long bloc qui les séparait de la 52e Rue, puis vira en direction de l'est. Au moment où il disparaissait dans la rue, le jogger que Packy avait qualifié de gros lard déboula dans Madison. Il hurlait : « *À l'aide ! À l'aide !* Quelqu'un a-t-il vu un type s'enfuir ? »

Le flic, qui n'avait pas vu Packy courir ni monter dans le minibus, se hâta vers l'homme, visiblement persuadé qu'il avait affaire à un cinglé. Animés par une même curiosité, passants et touristes s'arrêtèrent.

Le jogger criait de plus belle : « Personne n'a vu un type foncer dans la rue il y a une minute ?

– Fermez-la, mon vieux, lui ordonna le flic. Je pourrais vous arrêter pour trouble à l'ordre public. »

Sur le trottoir d'en face, un enfant de quatre ans tira sur la jupe de sa mère qui répondait à un appel sur son téléphone mobile. « Il y a un homme qui courait tout à l'heure, il est monté dans une voiture avec des skis sur le toit, dit-il timidement.

– Occupe-toi de ce qui te regarde, Jason, lui dit sa mère. Tu n'as pas à être témoin d'un crime. L'homme qu'ils recherchent est probablement un pickpocket. Qu'ils se débrouillent tout seuls. Ils sont payés pour ça. »

Elle lui prit la main et se remit à marcher dans la rue tout en poursuivant sa conversation au téléphone. « Jeannie, tu es ma sœur, c'est pour ton bien que je te le dis : *Laisse tomber ce pauvre type.* »

À moins de deux cents mètres de là, le minibus

progressait lentement dans les encombrements. À l'arrière, Packy se concentrait de toutes ses forces, comme s'il voulait débloquer la circulation. Park Avenue... Lexington... Troisième... Seconde... Première.

À la Première Avenue, Jo-Jo mit son clignotant. Encore dix blocs jusqu'au FDR Drive. Packy s'agita sur son siège, se mit à se ronger les ongles, une habitude qu'il avait abandonnée à l'âge de neuf ans. Il chercha à se rassurer. Je n'ai rien à me reprocher jusqu'au moment où je ne me présenterai pas au Castle. Pourtant, si je suis pris avec les jumeaux, je suis foutu. L'association avec d'anciens criminels entraîne la révocation immédiate de la libération conditionnelle. J'aurais dû demander à ces deux abrutis de me laisser le minibus quelque part dans le coin. Mais dans ce cas, quelle explication donner à la police si jamais j'étais arrêté seul au volant ? Que je l'ai gagné à la loterie ?

Il poussa un grognement.

Benny tourna la tête. « J'ai un bon pressentiment, Packy », dit-il, se voulant optimiste. « On va y arriver. »

Mais Packy remarqua que la sueur lui dégoulinait sur le visage. Et Jo-Jo avançait si lentement qu'il avait l'air de faire du surplace. Je sais qu'il ne veut pas être pincé à un feu de croisement, mais c'est débile. Au-dessus de leur tête un martèlement indiquait qu'un des skis était en train de se détacher. « Arrête-toi ! » gueula Packy. Deux minutes plus tard, entre la Première et la Deuxième Avenue, il détacha les skis du toit et les jeta à l'intérieur. Puis il fit signe à Jo-Jo de prendre la place du passager. « C'est comme ça qu'on t'a appris à conduire au Brésil ? Benny, va à l'arrière. »

Pendant les vingt minutes suivantes, les trois hommes restèrent plongés dans un silence total tandis qu'ils progressaient en direction du nord. Benny, le plus timoré, était recroquevillé sur sa banquette. Il avait oublié que Packy perdait complètement son sang-froid sous l'effet de l'angoisse. Et maintenant, qu'est-ce qu'il a dans la tête ? se demanda-t-il. Dans ses lettres, il nous a d'abord dit de trouver quelqu'un de confiance pour louer une ferme avec une grande grange, à Stowe. On l'a fait. Ensuite, il nous a dit de dégotter une scie passe-partout, de la corde et une hache, et enfin un semi-remorque à plateau. On l'a fait. Pour finir, il nous ordonne de venir le récupérer aujourd'hui. On l'a fait. Qu'est-ce que ça signifie ? Il nous a juré qu'il a planqué le reste du butin dans le New Jersey. Alors pourquoi est-ce qu'on va dans le Vermont ? À ma connaissance, la route du New Jersey n'est jamais passée par le Vermont.

Sur le siège avant, Jo-Jo se faisait les mêmes réflexions. Benny et moi nous sommes partis au Brésil avec dix millions de dollars en poche. On a eu la belle vie là-bas, mais rien d'extravagant. Ensuite, Packy nous raconte qu'il a entre soixante-dix et quatre-vingts millions supplémentaires sur lesquels il peut mettre la main dès sa sortie de prison. Mais il n'a jamais précisé combien Benny et moi toucherions dans le partage et, si les choses tournent mal, nous risquons de nous retrouver en taule avec lui. Nous aurions dû rester au Brésil et le laisser trimer dans ce restaurant où ils lui ont trouvé un job. Ensuite, quand nous serions venus à son secours, il nous aurait peut-être mieux accueillis. En fait, il nous aurait baisé les pieds.

En voyant le panneau BIENVENUE DANS LE CONNECTICUT, Packy ôta ses mains du volant et applaudit. « Plus qu'un État avant le Vermont ! » s'exclama-t-il. Avec un large sourire, il se tourna vers Jo-Jo : « On va pas s'éterniser ici. Le temps de régler nos affaires et en route pour le soleil du Brésil. »

Si Dieu le veut, pensa pieusement Jo-Jo. Quelque chose me dit qu'on aurait dû se contenter des dix millions que nous avions déjà. Son estomac gargouilla en même temps qu'il rendait timidement son sourire à Packy.

12

À HUIT HEURES moins le quart, Milo entendit le grondement d'une voiture qui s'engageait dans l'allée. Avec une impatience mêlée d'appréhension, il alla en courant ouvrir la porte d'entrée. Il vit Jo-Jo descendre par la portière du passager du minibus tandis que Benny sortait à l'arrière.

Qui donc se trouvait au volant ? Il ne se posa plus la question lorsque s'ouvrit la portière du conducteur. Le peu de lumière qui filtrait par les fenêtres du salon lui suffit pour confirmer son intuition : Packy Noonan était l'invité mystère.

Benny et Jo-Jo laissèrent Packy les précéder sur les marches de la galerie. Milo ouvrit la porte en grand. Il se demanda s'il devait s'incliner, mais Packy lui tendit la main. « Alors c'est vous, Milo le poète, dit-il. Merci d'avoir gardé la maison pour moi. »

Si j'avais su que c'était pour toi mon vieux, je ne serais pas là, pensa Milo, mais il lui rendit machinalement son sourire.

« C'est un plaisir pour moi, monsieur Noonan.

– Packy », le corrigea doucement l'autre, tandis que son regard parcourait rapidement la pièce. Il renifla : « Ça sent drôlement bon.

– C'est mon bœuf en daube », dit Milo, bredouillant un peu dans sa précipitation. « J'espère que vous aimez le bœuf en sauce, mons... Packy.

– C'est mon plat préféré. Ma maman m'en faisait tous les vendredis. Ou peut-être était-ce le samedi. »

Packy commençait à se détendre. Milo était aussi transparent qu'un adolescent. J'ai le don d'impressionner les gens, se félicita-t-il. Comment aurais-je pu sinon inciter tous ces investisseurs à placer leur fric dans mon puits sans fond ?

Jo-Jo et Benny entraient à leur tour dans la maison. Packy décida que c'était le moment de s'assurer que Milo faisait vraiment partie de leur équipe. « Jo-Jo, tu as apporté l'argent comme je te l'ai demandé ?

– Ouais, Packy, bien sûr.

– Sors cinquante des plus gros billets et donne-les à notre ami Milo. » Packy passa un bras autour des épaules de Milo. « Ce n'est pas la totalité de ce que nous te devons. C'est seulement un bonus parce que tu es un type épatant. »

Cinquante billets ? pensa Milo. Mais il a dit les plus gros. Des billets de cinquante mille dollars ? C'était impossible ! Son cerveau ne pouvait intégrer qu'il allait mettre la main sur une telle somme d'argent en espèces sonnantes et trébuchantes.

Pourtant, deux minutes plus tard, il restait bouche bée, tandis qu'un Jo-Jo à l'air revêche ouvrait à contrecœur une valise pleine de billets d'où il extrayait cinquante liasses. « Il y a dix billets de cent dans chaque liasse. Tu as bien compris que chacune représente mille dollars ? dit-il. Compte-les quand tu auras fini d'écrire ton prochain poème.

– Par hasard, vous n'auriez pas de plus petites coupures ? demanda Milo timidement. Il n'est pas facile de changer des billets de cent dollars.

– Va voir le marchand de glaces ambulant, lui lança Jo-Jo. D'après ce qu'on dit, il a toujours de la monnaie.

– Milo, reprit patiemment Packy, changer des

billets de cent dollars n'est plus un problème aujourd'hui. Maintenant, laisse-moi t'expliquer certains détails. Nous avons l'intention de filer d'ici mardi au plus tard. Ce qui signifie que ton seul boulot sera de continuer à t'occuper de tes affaires et d'ignorer nos allées et venues jusqu'à notre départ. Et quand nous partirons, on te remettra encore cinquante mille dollars. Ça te va ?

– Oh, oui ! monsieur Noonan. Je veux dire Packy. Tout à fait d'accord, monsieur. »

Milo croyait déjà sentir l'air de Greenwich Village.

« Si quelqu'un sonne à la porte et demande si tu as vu un semi-remorque à plateau dans les environs, tu oublieras qu'il y en a un à la ferme, n'est-ce pas ? »

Milo hocha vigoureusement la tête.

Packy le regarda dans les yeux et s'estima satisfait.

« Très bien. Je vois que nous nous comprenons. Et maintenant si on dînait ? On s'est tapé un maximum d'encombrements et l'odeur de ton bœuf en daube me donne faim. »

13

ILS N'ONT PAS seulement bon appétit, ils sont littéralement affamés, se dit Milo en remplissant les assiettes de Packy et des jumeaux pour la troisième fois. Avec satisfaction, il regarda disparaître salade et biscuits. Lui-même avait tellement goûté à ses préparations qu'il n'avait plus faim, et se contentait d'aller chercher et d'ouvrir de nouvelles bouteilles de vin. Packy, Jo-Jo et Benny semblaient disputer le concours du buveur le plus rapide.

Et plus ils s'abreuvaient, plus ils étaient d'humeur détendue. Que les skis aient fait un raffut d'enfer sur le toit du minibus leur paraissait soudain du plus haut comique. Que quatre bagnoles se soient embouties sur la Route 91, provoquant un énorme bouchon les obligeant à marcher au pas au milieu d'une armée de flics, déclencha un autre accès de rires.

À onze heures, les yeux des jumeaux papillotaient. Packy avait un coup dans l'aile. Milo, pour sa part, s'était limité à deux verres de vin. Il ne voulait pas se réveiller le lendemain en ayant oublié tout ce qui s'était dit dans la soirée. Il avait également l'intention de rester sobre jusqu'à ce que son argent soit en sécurité sous son matelas, à Greenwich Village.

Jo-Jo repoussa sa chaise, se leva et bâilla. « Je vais me coucher. Dis donc, Milo, ce bonus de cinquante mille vaut bien que tu fasses la vaisselle. » Il commença à rire, mais Packy frappa du poing sur la table et lui ordonna de se rasseoir.

« T'es pas le seul à être crevé, imbécile. Parlons un peu affaires. »

Avec un rot qu'il ne chercha pas à dissimuler, Jo-Jo se laissa retomber sur sa chaise. « Pardon, marmonna-t-il.

– Si nous ne mettons pas tout au point, ce n'est pas à nous que tu demanderas pardon. Tu en seras peut-être à implorer la grâce du gouverneur. »

Milo fut parcouru d'un frisson. Il se demandait à quoi s'attendre.

« Réveil à l'aube demain, continua Packy. Nous boirons notre café, que Milo aura préparé... »

Milo approuva d'un signe de tête.

« ... puis nous sortirons le camion de la grange et nous l'amènerons à quelques kilomètres d'ici jusqu'à un arbre particulier qui se trouve sur la propriété d'un type pour qui j'ai travaillé quand j'étais môme. Ensuite, il nous restera à abattre l'arbre en question.

– Abattre un arbre ? le coupa Milo. Vous n'allez pas être seuls à abattre un arbre demain ! » Il se dirigea rapidement vers la pile de journaux rangée près de la porte du fond. « Lisez, c'est en première page ! "Demain à dix heures du matin sera abattu l'épicéa bleu qui a été choisi pour décorer le Rockefeller Center cette année. Les préparatifs ont duré toute la semaine. La moitié de la ville sera présente ainsi que de nombreux journalistes." La télévision, la radio, tout le tremblement !

– Où se trouve cet arbre ? demanda Packy, d'un ton dangereusement calme.

– Voyons... » Milo parcourut l'article. « Il est

temps que je porte des lunettes », fit-il d'un air faussement désinvolte. « Ah, voilà. L'arbre est situé sur la propriété des Pickens. Une sacrée aubaine pour les Picsou ! »

Il parut ravi de son jeu de mots.

Packy bondit de sa chaise. « Donne-moi ça ! » Il lui arracha le journal des mains. À la seconde où il posa les yeux sur la photo de l'arbre destiné à être transporté à New York, il poussa un véritable hurlement de rage. « C'est mon arbre ! *C'est mon arbre !*

– Il y a plein de très beaux arbres dans le coin que nous pouvons abattre à la place de celui-ci, suggéra Milo, s'efforçant de le réconforter.

– *Sortez le camion*, ordonna Packy. *Tout de suite. Nous allons abattre mon arbre dès ce soir !* »

14

À ONZE HEURES, avant d'aller se coucher, Alvirah s'attarda un moment devant la fenêtre. La plupart des chalets étaient déjà plongés dans le noir. On distinguait au loin le contour des montagnes. Elles paraissent si immobiles, si silencieuses, songea-t-elle.

Willy était déjà au lit. « Quelque chose te tracasse, mon chou ?

– Non, pas du tout. Mais je suis tellement new-yorkaise que j'ai du mal à m'habituer à un tel calme. À la maison, le hurlement des sirènes, les bruits de la circulation, le grondement des camions se fondent en une sorte de berceuse.

– Hm-hm. Viens te coucher, Alvirah.

– Tout est si paisible, continua Alvirah. Je parie que si nous étions sur l'un de ces sentiers en ce moment, nous n'entendrions que le frou-frou des petits animaux qui détalent dans la neige, ou le bruissement d'un arbre, ou peut-être le ululement d'une chouette. Tout est différent, tu ne trouves pas ? À New York à la même heure, une file de voitures attend que le feu passe au vert sur Columbus Circle, klaxonnant parce qu'un conducteur ne démarre pas assez vite. Ici, il n'y a pas le moindre bruit sur la route. À minuit toutes les lumières seront éteintes, tout le monde sera en train de rêver. J'adore cet endroit. »

Un faible ronflement dans le lit l'avertit que Willy avait succombé au sommeil.

« Voyons ce qui se passe dans le monde, dit Nora au moment où Luke ouvrait la porte de leur chalet. J'ai envie de regarder les nouvelles avant d'aller me coucher.

– Ce n'est pas toujours une bonne idée, la railla Luke gentiment. Les histoires que raconte la télévision le soir ne sont pas toujours source de rêves agréables.

– Quand je n'arrive pas à dormir au milieu de

la nuit je regarde toujours les informations, dit Regan. Ça m'aide à retrouver le sommeil. À moins, naturellement, qu'il n'y ait un événement vraiment important. »

Jack avait déjà actionné la télécommande. Les nouvelles de Flash News Network apparurent sur l'écran. Les deux présentateurs n'arboraient pas leurs chaleureux sourires habituels. Un enregistrement vidéo montrait Packy Noonan quittant le pénitencier. « Incroyable ! » s'exclama Jack.

Le présentateur avait pris un ton grave de circonstance : « Packy Noonan, récemment libéré après avoir purgé une peine de douze ans et demi de prison pour avoir escroqué plusieurs personnes qui avaient investi leur argent dans sa société de transports maritimes fictive, a quitté ce matin son centre de réinsertion pour assister à la messe à la cathédrale Saint-Patrick. Il était suivi par un détective privé engagé par le cabinet d'avocats chargé de récupérer l'argent détourné. Mais Packy lui a faussé compagnie pendant l'office. Il a été vu en train de s'enfuir dans Madison Avenue. En ne regagnant pas le centre ce soir-là, il n'a pas respecté les clauses de sa libération conditionnelle. Nous avons reçu des appels téléphoniques et des e-mails de déposants furieux qui ont appris la nouvelle par un communiqué. Ils ont toujours été persuadés que Noonan avait mis leur argent à l'abri et pensent qu'il s'apprête à aller récupérer leur fortune. Une récompense de dix mille dollars est offerte pour tout renseignement qui contribuera à la capture de Noonan. Si vous avez des informations à donner, veuillez appeler le numéro qui apparaît en bas de votre écran. »

« Ce type prend un risque énorme, dit Jack. Il a pratiquement purgé sa peine de prison, et maintenant il s'expose à retourner derrière les barreaux pour avoir rompu ses engagements. À mon avis, il a planqué l'argent et ne veut pas attendre les deux ou trois années de sa libération conditionnelle pour retrouver ses millions. Je vous parie qu'il aura bientôt quitté le pays.

– Pauvre Opal, soupira Nora. Il y a de quoi lui saper le moral. Elle a toujours affirmé que l'argent était caché quelque part. Si Packy lui tombe sous la main, elle va l'écharper. »

Regan secoua la tête. « Penser au nombre de gens qui ont été escroqués comme elle de sommes qui auraient pu leur assurer une existence facile me rend malade. Quand Packy était en prison, ils savaient au moins que son sort était peu enviable. À partir de maintenant, ils vont imaginer qu'il s'apprête à mener la grande vie à leurs dépens, en leur faisant un pied de nez.

– J'avais prévu le coup, dit Luke. À présent, personne ne va pouvoir s'endormir tranquillement. »

En dépit des nouvelles, ils éclatèrent de rire. « Tu es impossible ! fit Nora. Espérons seulement qu'Opal ne regarde pas la télévision ce soir. »

À quelques mètres de là, dans le chalet qu'elle partageait avec Alvirah et Willy, Opal s'était endormie d'un profond sommeil dès qu'elle avait posé la tête sur l'oreiller. Bien qu'elle ignorât la nouvelle de la disparition de Packy, elle rêva de lui. Les portes de la sombre prison s'ouvraient en grand. Packy sortait en courant, serrant des taies d'oreillers rebondies contre lui. Elle savait qu'elles étaient bourrées d'argent. *Son* argent. *Son* argent de la loterie. Elle tentait de s'élancer derrière lui mais était incapable de remuer les jambes. Dans son rêve, elle devenait de plus en plus fébrile. « Pourquoi mes jambes ne m'obéissent-elles pas ?

se demandait-elle, affolée. Il faut que je le rattrape. » Packy disparaissait au bout de la rue. Le souffle court, Opal se réveilla en sursaut.

Oh, mon Dieu ! pensa-t-elle, sentant son cœur battre la chamade. Encore un de ces cauchemars à propos de ce salaud de Packy Noonan. Tandis qu'elle s'efforçait de retrouver son calme, elle eut l'impression que son subconscient tentait de faire remonter quelque chose à la surface. Quoi ? Cela va me revenir, se dit-elle en refermant les yeux. J'en suis sûre.

15

« TOUS MES PLANS s'écroulent, gémit Packy. Douze années et demie à purger ma peine, des années horribles pendant lesquelles je n'ai cessé à chaque minute de penser au moment où je mettrais la main sur mon arbre. Et voilà ce qui arrive. »

Depuis la banquette arrière, Benny se pencha en avant. Il passa la tête entre Packy et Jo-Jo. « Qu'est-ce qu'il a de particulier cet arbre ? demanda-t-il. Il représentait quelque chose de spécial pour toi ou quoi ? »

Il faisait nuit noire. Le minibus était seul à rouler sur la route de campagne déserte. Packy, Jo-Jo et Benny se dirigeaient vers le domaine de Pickens pour repérer les lieux. Comme l'avait fait remarquer Packy avec amertume : « Il est très possible que les gens du Rockefeller Center aient placé un garde de nuit pour surveiller l'arbre. Avant d'aller jouer aux bûcherons avec le camion, il faut voir comment se présente la situation. »

« Benny, réfléchis un peu, grogna Jo-Jo. Packy a sans doute caché quelque chose dans l'arbre et il s'inquiète de ne pouvoir le récupérer. C'est notre argent que tu as planqué là, hein, Packy ?

– Bingo ! aboya Packy. Tu devrais t'inscrire à la Mensa Society. Ils t'admettraient tout de suite.

– C'est quoi la Mensa Society ?

– Une sorte de club. On te fait passer un test. Si tu es reçu, tu assistes à des réunions avec des gens qui ont été admis et se congratulent les uns les autres d'être tous si intelligents. J'en avais un dans mon quartier au pénitencier. Il était tellement malin que le jour où il avait braqué une banque, il avait inscrit la somme qu'il réclamait au caissier sur un bulletin de versement à son nom. »

Packy savait qu'il divaguait comme s'il avait perdu la raison. C'était une chose qui lui arrivait quand il était en pétard. Calme-toi, se dit-il. Respire à fond. Pense à des choses agréables. À l'argent.

Dehors la température chutait rapidement. Les roues patinaient lorsque le minibus passait sur une plaque de verglas.

« Réponds-moi, Packy, insista Jo-Jo. Notre fric est dans cet arbre, oui ou non ? Tu es resté en taule pendant plus de douze ans. Pourquoi ne pas l'avoir mis dans un compte numéroté en Suisse, ou dans un coffre-fort ? Pourquoi tu t'es transformé en écureuil ? »

Packy prit malgré lui une voix stridente : « Je vais t'expliquer. Et écoute-moi bien pour que je n'aie pas à le répéter, parce que nous sommes presque arrivés. » Il enfonça le frein en voyant un daim jaillir des buissons sur le bord de la route. « Fous le camp, Bambi », marmonna-t-il. Comme s'il l'avait entendu, le daim fit demi-tour et détala.

La route tournait brusquement sur la droite. Packy reprit de la vitesse, mais plus prudemment. Supposons qu'un garde rôde autour de son arbre. Que ferait-il dans ce cas ?

« Allons, Packy, je veux connaître la vérité », dit Jo-Jo d'un ton impatient.

Jo-Jo et Benny avaient le droit de savoir ce qui les attendait, reconnut Packy. « Vous êtes tous les deux mouillés jusqu'au cou dans l'affaire de la compagnie de transports maritimes. La différence avec moi, c'est que vous vous êtes tirés avec un paquet de fric, et que vous avez passé ces douze dernières années au Brésil, alors que je partageais une cellule avec un cinglé.

– Nous n'avons eu que dix millions », le corrigea Benny d'un ton ulcéré. « Tu en as gardé soixante-dix ou quatre-vingts.

– On peut pas dire que ça m'a servi à grand-chose derrière les barreaux. Pendant que ces handicapés du cerveau me filaient leur fric à investir, j'ai acheté des diamants. Des pierres non montées, dont certaines valent deux millions pièce.

– Pourquoi tu nous as pas demandé d'en prendre soin pendant que tu étais à l'ombre ? demanda Benny.

– Parce que je serais encore en train d'attendre sur Madison Avenue que vous veniez me chercher.

– C'est pas sympa de dire ça, dit Benny en secouant la tête. Donc si je devine bien, les diamants sont quelque part dans ton arbre, hein ? Heureusement que Milo a mentionné que l'arbre allait être coupé demain matin. Penser qu'on aurait pu arriver après coup et pas voir la couleur de ces diamants. »

Jo-Jo coupa son frère. « Tu facilites pas les choses, Benny. Mais c'est vrai, Packy, pourquoi tu as choisi cet arbre au fin fond du Vermont ? Tu sais, il y a plein de beaux arbres dans le New Jersey et c'est bien plus près de New York.

– Je vous ai déjà dit que j'avais travaillé pour les gens qui possédaient ce domaine ! leur répondit sèchement Packy. Quand j'avais seize ans, maman a obtenu du tribunal qu'il m'envoie là pour une sorte d'expérience de “retour dans le droit chemin”.

– Quelle sorte de boulot tu y faisais ? demanda Jo-Jo.

– J'abattais les arbres. Surtout à la période de Noël. J'étais pas mauvais. J'ai même appris à utiliser une grue pour transporter les plus grands qu'achetaient les mairies à travers tout le pays. En tout cas, quand j'ai vu que les commissaires aux comptes étaient à nos trousses, j'ai pris les diamants qui étaient au coffre, je les ai mis dans une flasque métallique et les ai planqués ici. Je n'ai pas pensé que treize ans s'écouleraient avant que je revienne les récupérer. Les propriétaires du terrain ont planté cet arbre le jour de leur mariage, il y a cinquante ans. Il avaient juré de ne jamais l'abattre.

– C'est un coup de veine, convint Benny. Avec toutes les opérations immobilières aujourd'hui, ç'aurait très bien pu arriver. C'est comme dans notre ancien quartier, le terrain de baseball....

– Je me fous de ton ancien quartier ! s'écria Packy. Voilà l'entrée de la clairière. Croisez les doigts. Je vais m'arrêter ici et nous ferons le reste du chemin à pied.

– Et si on tombe sur un garde ?

– Peut-être qu'il devra passer la nuit à nous regarder abattre l'arbre. Jo-Jo, file-moi la torche. »

Packy ouvrit la portière du minibus et descendit. Son sang courait si vite dans ses veines qu'il ne remarqua pas la différence brutale entre la chaleur de la voiture et le froid de l'air nocturne. Il resta sur le bord du chemin, prêt à se fondre dans l'ombre au cas où quelqu'un l'apercevrait. Il longea lentement le dernier tournant, suivi par les jumeaux, puis s'immobilisa, n'en croyant pas ses yeux. Il n'y avait aucune lumière à l'exception du clair de lune qui filtrait à travers les nuages et se reflétait sur la neige, permettant de distinguer les contours de la scène. Packy alluma la lampe torche et la garda dirigée vers le sol.

Près de l'arbre, son arbre, se trouvait un camion à plateau. Une grue était déjà dressée, ses câbles entourant le sommet de l'épicéa pour le guider vers la plate-forme au moment où il serait abattu. Il n'y avait apparemment personne dans les parages.

Pour une fois, Jo-Jo et Benny ne dirent pas un mot.

Lentement, avec hésitation, Packy s'approcha de la cabine du camion et jeta un coup d'œil à l'intérieur. Elle était vide. Il essaya d'actionner la poignée de la porte du conducteur, mais elle était verrouillée. Sous le pare-chocs, pensa-t-il. Neuf conducteurs de poids lourds sur dix laissent un deuxième jeu de clés sous le pare-chocs.

Il les y trouva et se mit à rire. « Un vrai cadeau, dit-il aux jumeaux. On dirait que ce camion et la grue nous attendaient. Nous allons bientôt récupérer une flasque remplie de diamants qui valent des millions de dollars, un trésor caché quelque part dans cet arbre. Mais avant, il nous faut regagner la ferme pour prendre la scie passe-partout. Dommage qu'aucun de vous deux n'ait pensé à l'emporter à l'arrière du minibus.

– Il y a une tronçonneuse sur le plateau, fit remarquer Benny. Pourquoi ne pas l'utiliser ?

– Tu es fou ou quoi ? Ce truc réveillerait un mort. Vous abattrez l'arbre en vitesse pendant que je manœuvrerai la grue.

– J'ai le dos fragile, protesta Benny.

– Écoute, explosa Packy, ta part des quatre-vingts millions de dollars te permettra de te payer tous les chiropracteurs et masseurs du monde. En route, il n'y a pas de temps à perdre. »

16

QUELQUES KILOMÈTRES plus loin, dans une ferme du XVIIIe siècle située au centre de sa propriété, Lemuel Pickens avait du mal à trouver le sommeil. En général sa femme Vidya et lui se couchaient à neuf heures et demie précises et s'endormaient aussitôt. Mais ce soir, à cause de l'arbre, ils avaient évoqué d'anciens souvenirs, étaient allés chercher leur vieil album de photos et avaient regardé celle où ils plantaient l'arbre le jour de leur mariage, cinquante ans plus tôt.

Nous n'étions pas de la première jeunesse alors, se rappela Lemuel avec un petit rire. Vidya avait trente-deux ans et moi trente-cinq. C'était vieux pour l'époque. Mais comme elle le disait toujours : « Lemmy, nous avions des responsabilités. Je devais m'occuper de ma mère et toi de ton père. Lorsque nous assistions à la messe le dimanche, je voyais bien que tu me faisais les yeux doux, et ce n'était pas pour me déplaire. » Puis la mère de Viddy est décédée. Deux semaines plus tard mon père a eu un malaise et, en moins de temps qu'il n'en faut pour le dire, il est mort lui aussi, se rappela Lemuel en donnant un coup de coude à Vidya. Cette femme ronfle comme un tuyau d'orgue, pensa-t-il, tandis qu'elle se tournait sur le côté et que cessait le grondement.

Nous n'avons pas eu la joie d'avoir des enfants, mais cet arbre a presque comblé ce manque. Les yeux de Lemuel s'embuèrent. Le voir grandir, avec ses branches si parfaites et régulières, ces reflets bleus qu'avivait le soleil. C'est sans aucun doute le plus bel arbre que j'aie jamais vu. Sans parler de la façon dont il se dresse, isolé au milieu de la clairière. Nous n'avons jamais voulu rien planter d'autre à proximité. Année après année, nous l'avons nourri de compost. Dorloté. Nous avons passé des moments merveilleux.

Il se tourna sur le côté. Quand ces gens sont venus et ont demandé l'autorisation de le couper pour le Rockefeller Center, je les ai presque menacés de mon fusil. Mais lorsque j'ai appris qu'après notre refus, ils étaient allés trouver Wayne Covel, avec l'intention de lui demander d'abattre son grand épicéa bleu, sacré nom, mon sang n'a fait qu'un tour.

Viddy et moi nous avons réfléchi pendant deux minutes. Bientôt nous ne serons plus là pour nous occuper de notre arbre. Même si nous stipulons dans notre testament que personne n'aura le droit de l'abattre, les choses ne seront pas les mêmes après notre mort. Il n'aura plus la même importance pour personne, tandis que, s'il est installé au Rockefeller Center, il fera la joie de milliers de gens. Et quand il arrivera à New York les enfants des écoles et toutes ces adorables Rockettes lui feront fête et chanteront les chansons du film de Maria von Trapp. C'est étonnant qu'elle se soit trouvée là au moment même où nous le plantions. Elle savait que c'était le jour de notre mariage et elle a chanté une chanson nuptiale autrichienne à notre intention, ensuite elle nous a pris tous les deux en photo devant l'arbre, et nous l'avons photographiée à son tour, au même endroit.

Lemuel soupira. Viddy meurt d'envie d'aller à

New York voir notre arbre se dresser dans l'éclat de ses lumières. Le pays tout entier pourra l'admirer à la télévision. Et tout le monde saura que c'est notre cinquantième anniversaire de mariage. Ils veulent même nous interviewer dans l'émission *Today Show*. Viddy est tellement excitée qu'elle veut se faire coiffer dans l'un des plus grands salons de New York. Quand j'ai su combien ça coûtait, j'ai failli avoir une attaque. Mais elle m'a rappelé qu'elle n'y était allée qu'à deux reprises durant toutes ces années et qu'on ne vit qu'une fois.

Je voudrais seulement voir l'expression de Wayne Covel quand nous apparaîtrons à la télévision. Il est furax que nous ayons finalement rattrapé ces gens pour les autoriser à couper notre arbre, et qu'ils aient laissé tomber le sien comme une vieille chaussette.

Lemuel donna un second coup de coude à Vidya qui s'était remise à ronfler. Elle fait autant de bruit que le tuyau d'un poêle, pensa-t-il.

17

WAYNE COVEL n'en croyait pas ses oreilles. Il était perché, à six mètres de haut, sur une échelle derrière le précieux épicéa bleu de Lemuel Pickens, machette à la main, sur le point de couper des branches. Son intention était de faire un tel gâchis de cet arbre que les types du Rockefeller Center reviendraient le voir au pas de course. Il n'avait pas encore décidé de l'attitude qu'il prendrait au début, s'il feindrait d'hésiter ou non mais, au bout du compte, il les laisserait emporter son bel arbre, moyennant un bon prix, naturellement...

Today Show, me voilà !

C'est alors qu'il avait entendu ce bruit provenant de l'autre côté de l'arbre, un bruit de pas, et il se souvint d'avoir vaguement remarqué le faible ronronnement d'une voiture quelques minutes plus tôt. Conscient qu'il était trop tard pour descendre de l'échelle et s'enfuir, il fit la seule chose possible : il remit la machette dans l'étui pendu à sa ceinture et resta parfaitement immobile. Pourvu qu'ils ne s'attardent pas, implora-t-il. J'espère que ce ne sont pas des gardes chargés de rester toute la nuit. Il était désespéré. Que faire ? Je n'ai pas le droit d'être ici. Lem Pickens comprendra tout de suite ce que je suis venu faire. Je suis piégé.

Plusieurs hommes marchaient non loin de l'arbre et s'approchaient du côté opposé à celui où il se trouvait. Ils parlaient de diamants cachés dans les branches. Des millions de dollars de diamants ! Il faillit tomber de son échelle tant il se concentrait pour entendre chacun des mots qu'ils prononçaient.

Il crut d'abord qu'ils plaisantaient. Mais non, il y avait des diamants cachés dans une flasque de métal quelque part dans cet arbre, et ces types allaient le voler pour les retrouver.

Wayne était terrifié. Visiblement ces individus n'étaient pas recommandables. Pouvait-il descendre de l'échelle et déguerpir sans qu'ils le voient ?

S'ils le découvraient, ils comprendraient aussitôt qu'il avait surpris leur conversation. Et alors ? Il préférait ne pas imaginer la suite.

« ... avant, il nous faut regagner la ferme pour prendre la scie passe-partout, disait l'un des hommes d'un ton furieux. Dommage qu'aucun de vous deux n'ait pensé à l'emporter à l'arrière du minibus. »

Merci, mon Dieu ! faillit s'écrier Wayne. Ils partent ! J'ai le temps de descendre et d'appeler les flics. Peut-être y aura-t-il une récompense ! Je serai un héros. Ces types n'auraient pas caché des diamants dans cet arbre s'ils les avaient acquis honnêtement, on peut en être sûr.

Il attendit que s'estompe le bruit de leur voiture, puis porta la main à sa ceinture, saisit sa lampe torche, et l'alluma. Où pouvaient-ils avoir caché une flasque pleine de diamants ? Il fallait qu'elle soit attachée au tronc ou à une branche. Les branches n'étaient pas assez grosses pour qu'on y pratique un trou afin de dissimuler une flasque à l'intérieur. Quant à creuser le tronc, c'était impossible, la sève ne passerait plus et l'arbre serait mort.

Wayne s'inclina en avant, souleva plusieurs

branches avec ses gants épais et projeta le faisceau de sa torche autour de lui. C'est une plaisanterie, pensa-t-il. Autant essayer de dénicher une aiguille dans une botte de foin. Mais peut-être vais-je avoir de la chance et trouver cette fichue flasque. On peut toujours rêver. Et peut-être que Boston gagnera pour la première fois de son existence les World Series.

Néanmoins, il se mit à descendre l'échelle un barreau après l'autre, écartant soigneusement les branches, braquant sa lampe entre elles. Trois barreaux plus bas, le faisceau de lumière se réfléchit sur quelque chose qui était accroché à une branche, à mi-distance entre le tronc et l'échelle.

Non ! C'était impossible...

À moins que...

Wayne saisit sa machette et se pencha vers l'intérieur de l'arbre. Les aiguilles lui piquaient le visage et se plantaient dans sa moustache en guidon de vélo, mais il ne les sentait pas. Il n'arrivait pas à allonger le bras suffisamment pour couper la branche au-delà de l'objet en question.

Dressé sur la pointe des pieds, en équilibre, il sectionna la branche d'un coup, la fit tomber et descendit à toute vitesse de l'échelle. Lorsqu'il atterrit sur le sol, sa lampe éclaira une flasque liée à la branche par du fil métallique semblable à celui qu'on utilise pour les clôtures électriques. Un frisson d'excitation le parcourut.

D'un grand coup de machette, Wayne coupa la branche à nouveau, à une trentaine de centimètres de la flasque. Il retint un cri de triomphe, comme il en poussait lorsque les Red Sox marquaient un point contre les Yankees, et il se mit à courir. Dans sa hâte, il ne s'aperçut pas que la machette, sur laquelle était inscrit son nom, avait glissé de sa ceinture et était tombée sur le sol.

Toute intention d'appeler les flics avait disparu de son esprit.

Les voies de Dieu sont impénétrables, pensa-t-il en contournant au pas de course la propriété de Lem Pickens. Si mon arbre avait été choisi, j'aurais eu mon quart d'heure de gloire, mais sans plus. Aujourd'hui, si la flasque est réellement remplie de diamants, je suis riche – et cet empêcheur de tourner en rond de Lem n'a aucune chance de devenir une star.

Il aurait aimé être présent le lendemain matin pour voir la déconvenue de Lem rendant une dernière visite à son épicéa chéri et ne découvrant qu'une malheureuse souche sortant du sol. Wayne était transporté de joie à cette idée. Et quelle tête feraient ces types quand ils découvriraient que la branche à laquelle était attachée la flasque avait disparu ? Mais il les bénissait. Ils avaient fait tout le boulot pour lui. S'ils parvenaient réellement à abattre l'arbre de Lem, c'est le sien qui prendrait la route du Rockefeller Center.

Wayne accéléra le pas dans la nuit. Il faut que je vérifie mon horoscope, se dit-il. Mes planètes doivent être alignées. C'est sûr.

18

À LA FERME, Milo, qui dormait sur le canapé, fut réveillé et prié de se rendre dans la cuisine pour recevoir les dernières instructions de Packy.

« Je ne veux pas être mêlé à vos histoires, protesta-t-il.

– Que tu le veuilles ou non, tu y es mêlé », répliqua sèchement Packy. « Maintenant, tous les trois, retenez bien ce que je vais vous dire. Il est impossible de faire entrer deux camions à plateau dans la grange. Et nous ne pouvons pas en laisser un exposé à la vue de tout le monde.

– Il y a une quantité de routes isolées dans les parages, fit remarquer Benny. Pourquoi ne pas laisser le nôtre sur l'une d'elles ? Bien que ce soit dommage. C'était une bonne affaire. Quand tu nous as demandé depuis la prison d'acheter un vieux camion à plateau, Jo-Jo et moi on a déniché celui-là dans une vente aux enchères. On l'a payé comptant. On était vachement contents de nous.

– Benny, s'il te plaît ! s'écria Packy. Quand nous serons de retour ici avec mon arbre, tu sortiras notre camion de la grange, et tu prendras la Route 100 en direction du nord pendant une quinzaine de kilomètres, puis tu l'abandonneras quelque part. Non, attends une minute ! Milo, c'est toi qui conduiras le camion. On te connaît dans le coin. Il n'y a aucune loi qui interdise de conduire ce genre d'engin. Benny, tu le suivras dans le minibus et tu le ramèneras à la ferme. »

C'est plus que ce que je me suis engagé à faire, pensa Milo. Et je crois que je n'ai pas besoin de tout cet argent. Mais il préféra ne pas protester. Il était déjà trop mouillé, comme lui avait dit Packy, et ne s'était jamais senti aussi malheureux de sa vie.

« Bon, c'est décidé, dit sèchement Packy. Milo, n'aie pas l'air aussi inquiet. Nous serons bientôt sortis de ton existence. » Il regarda les jumeaux. « Venez, vous deux. Nous n'avons pas beaucoup de temps devant nous. »

Lorsqu'ils se retrouvèrent dans la clairière, la neige avait cessé de tomber et quelques étoiles brillaient à travers les nuages. Packy s'en réjouit. Cela lui permettrait de régler la lampe torche au minimum afin de guider Jo-Jo et Benny lorsqu'ils seraient en train de scier l'arbre.

La grue du Rockefeller Center était en position pour recevoir l'arbre au moment de sa chute.

C'était idiot de ma part de penser qu'on pourrait abattre un arbre de cette taille et le faire tomber droit sur notre plateau, fut obligé de reconnaître Packy. J'avais oublié que les basses branches doivent être attachées. Et, avouons-le, j'ai surtout été stupide d'y cacher les diamants. Heureusement que les types du Rockefeller Center ont tout prévu à ma place, se consola-t-il. De vrais potes.

Jo-Jo et Benny se mirent en position de part et d'autre du tronc. Chacun tenait une extrémité de la scie.

« Très bien, dit Packy. Voilà comment il faut s'y prendre. Benny, tu pousses pendant que Jo-Jo tire. Puis Jo-Jo, tu pousses pendant que Benny tire.

– Alors je pousse pendant que Jo-Jo tire, fit

Benny, et je tire pendant que Jo-Jo pousse. C'est ça, Packy ? »

Packy eut envie de hurler. « C'est ça. Commencez. Allez ! Grouillez-vous ! »

Bien que la scie fût manuelle, le son sembla se propager à des lieues à la ronde. Installé au volant de la grue, Packy pointait le faisceau de la torche sur le tronc. À un moment, il la dirigea vers l'arrière de l'arbre, à l'endroit où il pensait avoir caché la flasque. C'est alors qu'il aperçut une échelle qu'il n'avait pas vue la première fois, et remarqua un bout de branche récemment sectionnée sur le sol. Une sensation de malaise le gagna. Il tourna à nouveau sa lampe vers les jumeaux qui poussaient et tiraient à qui mieux mieux.

Dix minutes passèrent. Un quart d'heure.

« Vite, les pressa Packy. Vite.

– Nous poussons et tirons aussi vite que nous le pouvons, haleta Benny. Nous y sommes presque. Nous y sommes... Attention ! » hurla-t-il.

Ils avaient coupé l'arbre à sa base. Il oscilla pendant un instant puis, guidé par Packy, il resta en suspens en l'air, maintenu par les câbles, et finit par venir se poser sur le plateau. La sueur ruisselait sur le visage de Packy. C'est un miracle que je me sois souvenu de toute la manœuvre, pensa-t-il. Il relâcha les câbles, descendit rapidement de la grue, et se précipita dans la cabine du semi-remorque. « Benny, monte avec moi. Jo-Jo, tu nous suivras dans le minibus comme si tu nous escortais. Pourvu que la chance continue à nous sourire... »

Avec une lenteur insupportable, il amena le semi-remorque hors de la clairière, jusqu'à la route de terre, contourna le côté est de la propriété de Lem Pickens pour atteindre la Route 108, et enfin s'engagea sur Mountain Road.

Quelques voitures les dépassèrent sur la 108, leurs conducteurs sans doute trop fatigués ou distraits pour se poser des questions. « Il arrive que l'on transporte de grands arbres la nuit pour éviter de provoquer des embarras de circulation, expliqua Packy, plus pour lui-même que pour Benny. C'est sans doute ce que ces abrutis nous croient en train de faire. S'ils sont capables de penser. »

Il y avait autre chose qui le tourmentait. Cette branche sur le sol. Juste au-dessous de l'endroit où il avait caché la flasque. Ce côté de l'arbre était exposé sur le dessus du plateau. Il était impatient de commencer à chercher les diamants.

Il était trois heures du matin quand ils atteignirent la ferme. Benny sauta d'un bond du semi-remorque, courut jusqu'à la grange, ouvrit la porte et sortit leur camion à plateau en marche arrière, faisant voler en éclats les dernières stalles encore debout, le tout dans un vacarme épouvantable. Milo s'élança hors de la maison et remplaça Benny au volant du camion. Quand il passa ensuite avec le minibus à la hauteur de Packy, Benny lui adressa un signe de la main, sourit et donna un petit coup de klaxon. Avec un grognement furieux, Packy fit entrer le semi-remorque volé dans la grange. Au moment où il en descendait, Jo-Jo refermait la porte.

« Maintenant il ne me reste plus qu'à repérer le cercle que j'ai peint en rouge sur le tronc à l'endroit où se trouve la branche à laquelle est attachée la flasque. Et ensuite, en route pour le Brésil. Si mes calculs sont exacts, elle doit être à une douzaine de mètres du pied. »

Jo-Jo sortit le mètre à ruban que Packy lui avait ordonné d'apporter et ils entreprirent de mesurer l'arbre. Packy sentit sa gorge se serrer à la vue d'un moignon à peu près à six mètres de la base. La branche qu'il avait vue sur le sol pouvait-elle provenir de là ? Sans se préoccuper des aiguilles acérées, il tira sur le morceau restant et poussa un cri en se coupant le doigt avec un fragment de fil métallique. Sa lampe torche était braquée sur le tronc et le cercle rouge à la hauteur du moignon qu'il venait de casser.

Il n'y avait aucune trace de la flasque, seulement les restes du fil métallique avec lequel il avait si soigneusement assujetti son trésor.

« Quoi ? hurla-t-il. Je n'y comprends rien ! Je me suis trompé dans mes calculs. Je croyais que la branche se trouverait beaucoup plus haut. Il faut retourner là-bas ! La flasque doit être coincée dans la branche que j'ai vue par terre à côté de l'échelle.

– On peut pas y retourner avec le camion ! Il faut attendre que Milo et Benny reviennent avec le minibus, fit remarquer Jo-Jo.

– Et la guimbarde de Milo ? cria Packy.

– Il garde les clés dans la poche de sa veste », répondit Jo-Jo.

J'aurais dû rester au Brésil et laisser Packy servir ses crudités dans ce restaurant minable, se dit-il pour la troisième fois de la journée.

19

LEM PICKENS dormit d'un sommeil agité, peuplé de cauchemars. Il ignorait pourquoi, mais il craignait que quelque chose ne tourne mal. Après tout, peut-être avait-il fait une erreur en cédant cet arbre.

C'est normal, tenta-t-il de se rassurer. Tout à fait normal. Il avait lu quelque part que, à partir d'un certain âge, tout bouleversement dans l'existence provoquait crainte et anxiété. En tout cas, cela ne semble pas inquiéter Viddy outre mesure, constata-t-il en l'entendant manifester bruyamment la profondeur de son sommeil.

Lem essaya de penser à des choses agréables pour calmer son inquiétude. Au moment, par exemple, où l'on actionnerait l'interrupteur et où leur arbre illuminerait le Rockefeller Center, resplendissant de plus de trente mille petites ampoules colorées. *Imaginez le spectacle !*

Il savait ce qui le tracassait. Il redoutait d'assister à l'abattage de son épicéa. Il se demanda si l'arbre lui-même avait peur. Soudain, il prit une décision. Il réveillerait Viddy très tôt et, après avoir avalé une tasse de café, ils iraient à pied jusqu'à leur arbre, s'assiéraient à côté de lui, et lui feraient les adieux qui convenaient.

Sur ce, un peu rasséréné, Lem ferma les yeux et s'assoupit à nouveau. Quelques minutes plus tard, les vibrations sonores venant de son côté étaient loin d'égaler malgré tout les ronflements formidables de Viddy.

Tandis qu'ils dormaient, un Packy Noonan en larmes était assis sur la souche de leur arbre bienaimé, une machette à la main, le faisceau de sa lampe éclairant le nom marqué sur le manche : *Wayne Covel.*

20

WAYNE COVEL était hors d'haleine en atteignant l'arrière de sa maison, serrant dans sa main la branche à laquelle était attachée la flasque des malfaiteurs. Il la posa sur la table de sa cuisine en désordre, se servit un grand verre de whisky pour calmer sa nervosité, puis sortit les pinces coupantes de l'étui qu'il portait à sa ceinture. Les doigts tremblants, il sectionna le fil métallique qui maintenait la flasque et la détacha.

Ce genre de récipient ne peut contenir que des choses intéressantes, se dit-il en avalant une gorgée de whisky. Celui-ci était pratiquement scellé tant le dépôt était épais autour du bouchon. Wayne se dirigea vers l'évier et ouvrit le robinet. Une sorte de gémissement fut suivie de l'apparition d'un filet d'eau qui mit un certain temps pour se réchauffer. Il maintint la flasque sous l'eau, jusqu'à ce que la plus grande partie du dépôt disparaisse. Malgré tout, il dut s'y reprendre à trois reprises avant que le bouchon ne cède sous sa main.

Il saisit un torchon graisseux, l'étendit sur la table. Puis il s'assit et, lentement, avec révérence, commença à secouer le contenu de la flasque au-dessus du coq chantant dessiné au centre du torchon. Ses yeux s'agrandirent à la vue du trésor qui se déversait devant lui. Ces types ne plaisantaient pas. Des diamants aussi gros qu'un œil de hibou, certains de la plus belle couleur dorée, d'autres bleutés, un autre encore qui lui parut aussi gros qu'un œuf de pigeon. Il dut secouer la flasque plus fort pour faire sortir ce dernier du goulot. Son cœur battait si vite qu'il eut besoin d'une seconde gorgée de whisky. Il croyait rêver.

C'est une chance que Lorna m'ait laissé tomber l'année dernière, pensa-t-il. Vingt ans avec moi lui suffisaient, a-t-elle déclaré. Eh bien, vingt ans avec elle c'était plus qu'assez. Vingt ans à râler, râler, râler. J'ai été trop gentil de ne pas la virer à coups de pied dans le derrière. Elle était partie s'installer à quarante-cinq minutes de là, à

Burlington. Il avait entendu dire qu'elle cherchait l'âme sœur sur l'Internet. Je te souhaite de trouver le cœur sensible que tu cherches, ma chérie.

Il ramassa une poignée de diamants, n'en croyant toujours pas ses yeux. Lorsque j'aurai trouvé un moyen de liquider une partie de ces pierres précieuses, je m'offrirai peut-être une croisière en première classe et j'enverrai à Lorna une carte postale pour lui raconter que je mène la belle vie. Et que je n'ai pas envie qu'elle soit là.

Pas mécontent à la pensée de faire enrager Lorna, Wayne revint au moment présent. Dès que Lem s'apercevra que son arbre a disparu, il va clamer que c'est moi qui ai fait le coup. Je sais que j'ai le visage égratigné, il faut que je trouve une explication. Je pourrai toujours dire que j'étais en train d'élaguer un de mes arbres et que j'ai perdu l'équilibre, songea-t-il. La seule chose qu'il faisait correctement était de soigner les arbres sur la partie de la propriété qu'il n'avait pas encore vendue.

Le second problème était de cacher les diamants. Il entreprit de les remettre dans la flasque. On va me soupçonner d'avoir coupé l'arbre, j'ai donc intérêt à être super-prudent. Je ne peux pas conserver ces pierres dans la maison. Si les flics décident de venir fouiller chez moi, avec ma chance habituelle ils trouveront la flasque.

Pourquoi ne pas faire exactement la même chose que ces bandits ? La cacher dans un de mes arbres jusqu'à ce que les choses se calment et que je puisse faire le voyage à New York ?

Wayne recouvrit complètement la flasque de papier adhésif brun, puis ouvrit l'un après l'autre les tiroirs encombrés de la cuisine jusqu'à ce qu'il trouve le fil métallique servant à suspendre les tableaux que Lorna avait achetés avec le fol espoir d'améliorer le décor de la maison. Cinq minutes plus tard, il était en haut du vieil orme derrière la ferme, et replaçait la flasque aux diamants sous la protection de mère Nature.

21

OPAL eut du mal à trouver le sommeil après avoir rêvé de Packy. Elle passa son temps à se réveiller et à se rendormir, consulta sa pendulette à deux heures, à trois heures et demie, puis une heure plus tard.

Son cauchemar l'avait profondément troublée, ranimant toute la colère et tout le ressentiment qu'elle éprouvait envers Packy Noonan et ses complices. Elle avait tenté de prendre les choses à la légère, mais comment ce voleur osait-il dire qu'il donnerait dix pour cent de ce qu'il gagnerait au restaurant pour rembourser ses victimes ? C'était une véritable *insulte* !

Il se moque de nous une fois de plus !

Le reportage télévisé consacré à sa libération lui revenait sans arrêt en mémoire. Sur l'une des chaînes ils avaient donné un bref résumé de l'escroquerie et montré Packy en compagnie de ces deux mariolles de Benjamin et Giuseppe Como, au moment de son inculpation. Opal se souvenait du jour où elle s'était retrouvée assise dans une salle de conférences en face de ces trois individus qui la poussaient à investir davantage dans leur société. Benny s'était levé pour se servir du café. Il se déplaçait comme un véritable balourd – comme s'il avait du plomb dans son pantalon, aurait dit sa mère.

C'était ça ! pensa Opal. Elle se redressa brusquement dans son lit et alluma la lumière. L'homme qu'elle avait vu en train de placer des skis sur le toit d'un minibus lui rappelait Benny.

Le groupe de skieurs auquel elle s'était jointe le samedi après-midi avait été ralenti par un cours de débutants et avait fini par couper à travers bois et passer devant une vieille ferme délabrée.

Mon lacet s'est défait, se souvint Opal, et je me suis assise sur un rocher, près de la ferme. Devant la bâtisse, un homme installait des skis sur le toit d'un minibus. J'ai eu l'impression de l'avoir vu quelque part, mais quelqu'un l'a appelé et il s'est éloigné. Bien qu'il semblât pressé, il se déplaçait lourdement en regagnant la maison. Il était petit et trapu. Il marchait pesamment. Ma tête à couper qu'il s'agissait de Benny Como !

Mais c'est impossible ! se dit Opal, l'esprit en ébullition. Que ferait-il par ici ? Le procureur qui s'apprêtait à poursuivre les Como a déclaré qu'il était convaincu que Benny et Jo-Jo avaient fui le pays pendant qu'ils étaient en liberté sous caution. Comment Benny pourrait-il se trouver dans le Vermont ?

Incapable de rester plus longtemps au lit, Opal se leva, enfila sa robe de chambre et descendit au rez-de-chaussée. Le grand living-room était un espace complètement ouvert avec des poutres apparentes, une cheminée de pierre et de grandes baies qui donnaient sur les montagnes. Le coin-cuisine était surélevé de deux marches par rapport au reste de la pièce et délimité par un comptoir. Opal se prépara rapidement du café, s'en versa une tasse et alla à la fenêtre, goûtant à cette mixture particulière qu'ils appelaient café dans le Vermont. Mais elle y toucha à peine. En contemplant le merveilleux paysage, elle se demandait si Benny se trouvait encore dans cette ferme. Et si c'était le cas, pour y faire quoi.

Alvirah et Willy ne seront pas levés avant deux heures, se dit-elle. Je pourrais aller en skis jusqu'à la ferme. Si le minibus est encore là, je noterai son numéro d'immatriculation. Je demanderai à Jack Reilly de procéder aux vérifications d'usage pour moi. Si je ne fais pas ça, je me contenterai d'assister à l'abattage du sapin de Noël du Rockefeller Center avec les autres, de rendre visite à l'arbre d'Alvirah et de rentrer à New York. Et je me demanderai toujours si cet homme était vraiment Benny, et si j'ai raté l'occasion de le faire mettre en prison. Non ! Je ne vais pas laisser passer cette chance, décida Opal.

Elle remonta à l'étage et s'habilla en vitesse, enfilant un gros pull sous l'anorak qu'elle avait acheté à la boutique de la Lodge. Dehors, le ciel était couvert et l'air humide. Il va neiger, pensa Opal. Tous les amateurs de ski seront au septième ciel en voyant la neige tomber si tôt dans la saison.

J'ai un bon sens de l'orientation, se dit-elle en chaussant ses skis, se remémorant le chemin de la ferme. Je n'aurai pas de difficulté à la trouver.

Poussant sur ses bâtons, Opal traversa le champ qui s'étendait devant le chalet. Tout était si calme, si beau. Malgré le manque de sommeil, Opal se sentait alerte et en pleine forme. C'est peut-être de la folie, s'avoua-t-elle, mais je ne veux laisser passer aucune occasion de faire prendre ces voleurs et de les voir menottes aux poignets.

Et avec des fers aux pieds, ajouta-t-elle. Ce serait un spectacle à ne pas manquer.

Elle remontait la pente à une allure régulière. Je ne suis pas mauvaise sur ces planches, pensa-t-elle avec une certaine satisfaction. J'ai hâte de retrouver Alvirah pour le petit-déjeuner et de lui raconter ce que j'ai fait ce matin ! Elle m'en voudra de ne pas l'avoir réveillée.

Une demi-heure plus tard, Opal atteignait la partie boisée qui entourait la ferme. Je dois être prudente. Les gens se lèvent tôt à la campagne, se rappela-t-elle. Pas comme certains de ses voisins en ville qui n'ouvraient jamais leurs rideaux avant midi.

Mais on ne décelait aucune activité autour du bâtiment principal de la ferme. Le minibus était garé en plein devant la porte d'entrée. Le conducteur aurait presque pu monter dedans directement de la salle de séjour. Opal attendit vingt minutes sans voir personne apparaître pour aller traire les vaches ou jeter du grain aux poules. Je me demande s'ils ont des bêtes dans la grange, songea-t-elle. Elle est très grande. Elle pourrait contenir tous les animaux de l'arche de Noé.

Elle se déplaça vers la gauche afin de jeter un coup d'œil sur la plaque minéralogique du minibus. C'était une plaque du Vermont, mais de son poste d'observation il lui était impossible de distinguer les numéros. Elle devait s'approcher plus près, même si c'était risqué.

Opal inspira profondément, sortit des bois et skia à découvert, ne s'arrêtant qu'une fois arrivée à quelques mètres du minibus. Vite, je dois faire vite et déguerpir d'ici au plus tôt, pensa-t-elle. Sentant la nervosité la gagner, elle répéta à voix basse le numéro inscrit sur la plaque verte et blanche. « BEM 360, BEM 360. Je le noterai dès que je ne serai plus en vue. »

À l'intérieur de la ferme, à la table où avait régné une atmosphère de convivialité à peine quelques heures plus tôt, trois escrocs défaits, fatigués et furieux se creusaient la cervelle, cherchant comment récupérer la flasque de diamants qui avait représenté la garantie d'une longue vie facile. La machette dont le manche était gravé au nom de Wayne Covel reposait au centre de la table. L'annuaire du téléphone local était ouvert à la page où figuraient le nom et le numéro de Covel, déjà entourés d'un cercle par Packy. Son adresse n'était pas indiquée.

« Encore des pancakes pour les affamés ? » Milo avait déjà rempli deux cafetières et préparé deux tournées de crêpes au bacon et aux saucisses. Ils s'étaient jetés sur leur petit-déjeuner, mais à présent Packy et les jumeaux ne semblaient pas entendre sa proposition. Tous trois lançaient des regards haineux à la machette de Covel.

Préparons-en toujours quelques-uns, pensa Milo, en versant plusieurs cuillerées de pâte dans la poêle. Leur déconvenue n'avait visiblement pas entamé leur appétit.

« Milo, arrête de jouer au roi de la Chandeleur, ordonna Packy. Assieds-toi. J'ai des projets pour toi. »

Milo obéit. Dans sa précipitation, il monta la flamme du gaz au lieu de l'éteindre sous la poêle.

« Tu sais où habite ce bandit de Covel, hein ? lui demanda Packy d'un ton accusateur.

– Bien sûr, affirma fièrement Milo. C'est écrit noir sur blanc sur la deuxième page de l'article que je vous ai montré concernant l'arbre du Rockefeller Center. On y disait qu'il était rare de trouver deux arbres dignes du Rockefeller Center dans le même État, et encore plus rare dans deux propriétés mitoyennes. Tout le monde sait où vit Lem Pickens, et que Covel habite à côté. »

Benny fronça le nez. « Ça sent le brûlé. »

Ils se tournèrent d'un même mouvement vers la cuisinière. Des flammes et de la fumée s'échappaient de la vieille poêle en fonte pleine de graisse.

« Tu veux notre mort ou quoi ? hurla Packy. Ça pue dans cette pièce, la fumée me donne de l'asthme. »

Il se leva d'un bond, se rua vers la porte d'entrée, l'ouvrit brutalement et sortit rapidement dans la galerie.

À quelques pas de là, une femme chaussée de skis de fond regardait fixement la plaque minéralogique à l'arrière du minibus.

Elle tourna la tête et leurs yeux se croisèrent.

Bien que plus de douze ans se fussent écoulés, ils se reconnurent immédiatement.

Opal fit demi-tour, voulut rebrousser chemin et se mit à pousser désespérément sur ses bâtons. Dans sa hâte elle glissa et tomba. Il fallut moins d'une seconde à Packy pour la rattraper. Une main appliquée sur sa bouche, un genou enfoncé dans son dos, il la maintint à terre. Un moment plus tard, hébétée, terrifiée, elle sentit d'autres mains l'agripper brutalement et la tirer à l'intérieur de la maison.

22

ALVIRAH se réveilla à sept heures et quart tout excitée. « On croirait que les vacances de Noël ont déjà commencé, tu ne trouves pas Willy ? Voir l'arbre du Rockefeller Center, ici, dans son environnement naturel, avant qu'il ne se dresse, brillant de tous ses feux, à New York. »

Après quarante-trois ans de mariage, Willy était habitué aux réflexions que formulait Alvirah dès le petit matin et avait appris à y répondre par un grognement d'approbation tout en paressant quelques dernières minutes au lit.

Alvirah le contempla. Il avait les yeux mi-clos, la tête enfoncée dans l'oreiller. « Willy, la fin du monde vient juste de se produire, toi et moi sommes morts, dit-elle.

– Hum-hum, marmonna-t-il. Formidable. »

Ça ne sert à rien de le réveiller maintenant, conclut Alvirah.

Elle prit une douche et s'habilla d'un pantalon de lainage gris sombre et d'un cardigan gris et blanc, choisis eux aussi par la baronne Min, avant de vérifier son apparence dans un miroir en pied à l'intérieur de la penderie. Pas mal, apprécia-t-elle avec détachement. Autrefois j'aurais enfilé un pantalon violet avec un sweat-shirt orange et vert. C'est toujours ainsi que je suis vêtue en mon for intérieur. Willy et moi n'avons pas changé. Nous aimons tous deux venir en aide aux autres. Il répare les tuyaux des malheureux qui n'ont pas les moyens de s'offrir les services d'un plombier. J'essaye de démêler des situations dont les gens n'arrivent pas à se dépêtrer.

Elle se dirigea vers la commode, prit sa broche en forme de soleil équipée d'un micro et l'épingla à son cardigan. Je veux enregistrer les réflexions des badauds au moment où l'arbre sera abattu, décida-t-elle. Ça peut faire un sujet intéressant pour ma chronique.

« Chérie. »

Alvirah se retourna. Willy était assis dans le lit.

« Est-ce que tu as parlé de la fin du monde ?

– Oui, et je t'ai dit que nous étions morts tous les deux. Mais ne t'inquiète pas, nous sommes encore en vie et la fin du monde a été annulée. »

Willy lui adressa un sourire penaud. « Je suis réveillé à présent, mon chou.

– Je vais commencer à faire nos bagages pendant que tu prends ta douche et que tu t'habilles. Les autres nous attendent dans la salle à manger de la Lodge pour le petit-déjeuner à huit heures trente. C'est bizarre, je n'ai entendu aucun bruit dans la chambre d'Opal. Je ferais mieux d'aller la réveiller. »

Willy et elle occupaient la chambre principale au rez-de-chaussée du chalet, Opal était à l'étage dans l'autre grande chambre. Alvirah pénétra dans la salle de séjour, huma l'odeur de café et aperçut la note d'Opal sur le comptoir. Pourquoi Opal était-elle sortie si tôt ? se demanda-t-elle en se hâtant de lire le billet.

Chers Alvirah et Willy,

Je suis partie faire un peu de ski de fond. Il y a quelque chose que je voulais vérifier. Je vous retrouve pour le petit-déjeuner.

Amicalement,

Opal.

Avec une inquiétude grandissante, Alvirah relut la lettre. Opal était bonne skieuse, mais connaissait mal les pistes. Certaines mènent très loin, réfléchit-elle. Elle n'aurait pas dû s'y aventurer seule. Qu'y a-t-il de si important qu'elle ait voulu le vérifier sans attendre que nous soyons tous levés ?

Elle se servit une tasse de café. Il était un peu amer, comme s'il était resté sur la plaque chauffante pendant une ou deux heures. Elle a dû partir à l'aube, se dit-elle.

Pendant qu'elle attendait que Willy ait fini de s'habiller, Alvirah contempla les montagnes. De gros nuages s'amoncelaient. Le jour était gris. Les pistes sont nombreuses dans les environs, pensa-t-elle. Opal pourrait facilement se perdre.

Il était huit heures et quart. Opal avait promis de les retrouver à huit heures et demie. C'est stupide de ma part de m'inquiéter, décida Alvirah. Dans quelques minutes, nous serons tous en train de déguster un excellent petit-déjeuner.

Willy apparut sur le seuil de la chambre, vêtu d'un pull autrichien qu'il avait acheté à la boutique de cadeaux. « Tu ne crois pas que je devrais apprendre à chanter la tyrolienne ? » demanda-t-il. Puis il regarda autour de lui. « Où est Opal ?

– Nous devons la retrouver à la Lodge », répondit Alvirah. Du moins je l'espère, ajouta-t-elle in petto.

23

REGAN, Jack, Nora et Luke quittèrent leur chalet à huit heures vingt et se dirigèrent vers la Lodge.

« Cet endroit est tellement agréable, soupira Nora. Pourquoi faut-il toujours rentrer chez soi quand on commence juste à se détendre ?

– Si tu n'acceptais pas de prendre la parole à tous ces déjeuners, tu serais aussi détendue que feu mes chers clients, répliqua Luke d'un ton moqueur.

– Comment peux-tu dire de pareilles horreurs ! protesta Regan.

– Ce n'est pas facile de refuser quand il s'agit de réunir des fonds pour des organisations caritatives, se justifia Nora. La réunion de demain est particulièrement importante.

– Je n'en doute pas, ma chère. »

Jack avait écouté leur échange avec amusement. Luke et Nora semblaient ne jamais s'ennuyer ensemble, pensa-t-il. C'est ainsi que nous serons, Regan et moi, après de longues années de mariage. Il passa son bras autour des épaules de Regan qui leva la tête et lui sourit avec un regard attendri. « Ça fait plus de trente ans que ça dure, fit-elle remarquer.

– Nous verrons de quoi vous parlerez dans trente ans, dit Luke. Je peux vous garantir que vous ne direz rien de bien fascinant. Les couples ont tendance à ressasser les mêmes sujets de conversation.

– Nous ferons de notre mieux pour entretenir l'intérêt, Luke, promit Jack en souriant. Mais je ne pense pas une seconde que vous disiez des banalités.

– La banalité est parfois préférable », dit Nora au moment où Luke ouvrait la porte de la Lodge. « Surtout lorsque je sais que Regan court un danger dans son travail.

– Une inquiétude que je partage pleinement, dit Jack.

– C'est une des raisons pour lesquelles je suis

si heureuse que vous vous mariiez, dit Nora. Car même si vous ne travaillez pas ensemble, j'ai le sentiment que vous veillez sur elle.

– Vous pouvez en être sûre.

– Merci les copains, les interrompit Regan. C'est chouette de penser que j'ai une équipe qui broie du noir dans mon dos. »

Ils traversèrent la réception et pénétrèrent dans la salle à manger. Un buffet était dressé sur une longue table à une extrémité de la pièce.

L'hôtesse les accueillit avec un sourire chaleureux : « Votre table est prête. Vos amis ne sont pas encore arrivés. » Elle les conduisit à leur place. Au moment où ils s'asseyaient, elle ajouta : « Je crois que vous partez aujourd'hui, n'est-ce pas ?

– Malheureusement oui, dit Nora. Mais d'abord nous irons voir abattre l'arbre de Noël du Rockefeller Center.

– Trop tard.

– Comment ?

– Vous arrivez trop tard.

– L'ont-ils coupé plus tôt que prévu ? demanda Nora.

– Si l'on veut. Ce matin, à six heures, Lem

Pickens est allé sur place dire au revoir à son arbre et, quand il est arrivé, l'épicéa avait disparu. Quelqu'un l'a scié au milieu de la nuit et a même volé le camion qui était censé transporter l'arbre. On ne parle que de ça. Une de nos clientes vient de regarder l'émission d'Imus, notre présentateur-vedette, sur MSNBC, qui s'est déjà emparé de l'histoire.

– J'imagine bien ce qu'Imus a pu dire à ce sujet, dit Regan.

– Il a dit que c'était sans doute l'œuvre d'une bande d'ivrognes, rapporta l'hôtesse en leur tendant les menus. Il se demande qui d'autre aurait pu s'intéresser à cet arbre.

– C'est le genre de coup que pourrait monter une bande d'ados, dit Jack.

– Que vont-ils faire à présent ? demanda Nora.

– S'ils ne retrouvent pas l'arbre aujourd'hui, ils iront sans doute voir le type qui habite à côté de chez Pickens. Son arbre était le choix numéro deux.

– Voilà un mobile tout trouvé ! lança Jack, plaisantant à moitié.

– Vous avez probablement raison, fit l'hôtesse,

les yeux brillants d'excitation. Lem Pickens était déjà l'invité de la chaîne locale ce matin, clamant que son voisin avait fait le coup.

– Il risque d'être poursuivi s'il l'accuse sans preuves, fit remarquer Regan.

– Il s'en fiche, à mon avis. Oh, voici vos amis. »

Alvirah et Willy les avaient aperçus et se dirigeaient vers leur table. Regan eut l'impression qu'Alvirah était inquiète en dépit de son sourire. Une impression qui se confirma quand, après un rapide « bonjour », Alvirah demanda : « Opal n'est pas encore arrivée ?

– Non, Alvirah, répondit Regan. N'était-elle pas avec vous ?

– Elle est partie tôt ce matin faire du ski de fond et a dit qu'elle nous rejoindrait pour le petit-déjeuner.

– Alvirah, asseyez-vous. Je suis certaine qu'elle sera là d'ici quelques minutes, dit Nora d'un ton rassurant. En attendant, écoutez la nouvelle. Vous allez être stupéfaite.

– Que se passe-t-il ? »

Il était visible qu'Alvirah reprenait du poil de la bête à la pensée d'entendre les derniers potins.

« Quelqu'un a abattu l'arbre du Rockefeller Center au cours de la nuit et s'est volatilisé avec.

– *Quoi ?*

– Personne n'a pris l'arbre d'Alvirah j'espère ? demanda Willy. Parce que, dans ce cas, il risquerait de sérieux ennuis. »

Alvirah ignora sa remarque. « Pourquoi diable quelqu'un se donnerait-il autant de mal pour voler un arbre ? Et où pourrait-il l'emporter ? »

Regan leur raconta rapidement que non seulement l'arbre et le semi-remorque avaient disparu, mais que le propriétaire de l'arbre, Lem Pickens, accusait son voisin du vol.

« Dès que nous aurons fini notre petit-déjeuner, je veux aller voir sur place ce qui se passe », annonça Alvirah. Elle jeta un coup d'œil vers la porte de la salle à manger. « Et j'aimerais bien qu'Opal se dépêche de rentrer. »

Jack porta à ses lèvres le café que la serveuse venait de lui servir. « Savez-vous si Opal a appris la nouvelle concernant Packy Noonan ?

– Quelle nouvelle ? demandèrent Alvirah et Willy à l'unisson.

– Il n'est pas rentré hier soir au centre de réinsertion, ce qui signifie qu'il a déjà mis fin à sa libération conditionnelle.

– Opal a toujours prétendu qu'il avait caché de l'argent quelque part. En ce moment même, il est probablement en route pour l'étranger avec son butin. » Alvirah secoua la tête. « C'est révoltant. » Elle tendit la main vers la corbeille à pain, examina son contenu et préféra un morceau d'*apfelstrudel*. « Je ne devrais pas, murmura-t-elle. Mais c'est si bon. »

Elle avait posé son sac à ses pieds. La sonnerie de son téléphone mobile la fit sursauter. « J'ai oublié de l'éteindre avant d'arriver », s'excusa-t-elle en fourrageant à la recherche de son appareil. « C'est tellement plus pratique pour les hommes. Ils accrochent ce truc à leur ceinture et répondent à la première sonnerie... à moins, bien entendu, qu'ils ne soient en train de tromper leur femme... Allô... oh, bonjour Charlie. »

« C'est Charley Evans. Son rédacteur en chef au *New York Globe* », précisa Willy à l'intention des autres. « Je vous parie qu'il est au courant de la disparition de l'arbre. Il sait toujours tout avant même que cela n'arrive. »

« Oui, nous venons de l'apprendre, disait Alvirah. Dès que j'aurai fini mon petit-déjeuner, j'ai l'intention de me rendre sur place, Charley. Parler aux habitants du cru apporte toujours un élément humain intéressant. C'est devenu une histoire policière, n'est-ce pas ? » Elle rit. « Bien sûr que j'aimerais pouvoir la résoudre. Oui, Willy et moi pouvons rester ici un ou deux jours de plus. Je vous donnerai des nouvelles dans quelques heures. Oh ! À propos, quelles sont les dernières informations concernant Packy Noonan ? Je viens d'apprendre qu'il ne s'était pas présenté à son centre de réinsertion hier soir. Une amie à qui l'on a escroqué beaucoup d'argent est ici avec moi. »

Willy et les autres virent soudain l'incrédulité envahir son visage. « On l'a aperçu dans Madison Avenue en train de monter dans un minibus immatriculé dans le Vermont ? »

Ils se regardèrent.

« Immatriculé dans le Vermont ! s'exclama Regan.

– Peut-être est-ce lui qui a abattu l'arbre, suggéra Luke. Lui ou George Washington. » Il prit un ton grave : « “Père, je ne puis mentir. C’est moi qui ai coupé le cerisier.”

– Notre historien local a encore frappé, dit Regan à Jack. La différence entre Packy Noonan et George Washington est que Packy n’avouerait pas, même pris la hache à la main.

– George Washington n’a jamais rien dit de semblable, rectifia Nora. Ces histoires stupides ont été inventées après sa mort.

– De toute façon, parions que l’individu qui a coupé cet arbre ne deviendra jamais président des États-Unis, fit remarquer Willy.

– Qui sait », marmonna Luke.

Alvirah referma son téléphone. « Je coupe la sonnerie et garde le vibreur. Opal appellera peut-être si elle s’est mise en retard. » Posant le téléphone sur la table, elle continua : « Un prêtre de Saint-Patrick a remarqué un minibus immatriculé dans le Vermont qui stationnait devant le bâtiment du diocèse dans Madison Avenue. Puis une mère de famille a téléphoné, son petit garçon affirme avoir vu un homme remonter la rue en courant et s’engouffrer dans le minibus. Or il se trouve que Packy venait d’assister à la messe à Saint-Patrick. Le détective qui le filait l’a même vu allumer un cierge devant la statue de saint Antoine.

– Peut-être ce détective devrait-il allumer lui aussi une bougie pour l'aider à retrouver Packy, suggéra Willy. Ma mère priait toujours saint Antoine. Elle passait son temps à perdre ses lunettes et mon père ne retrouvait jamais les clefs de la voiture.

– Saint Antoine aurait fait un grand détective », conclut Regan en prenant le même ton pince-sans-rire que son père. « Je devrais avoir une image de lui dans mon bureau.

– Nous ferions mieux de commander », dit Nora.

Pendant tout le petit-déjeuner Alvirah ne cessa de regarder en direction de la porte, mais Opal n'apparut pas. Le téléphone se mit à vibrer dans sa main au moment où ils sortirent de la salle à manger. C'était à nouveau son rédacteur.

« Alvirah, dit Charley, on vient de dénicher des informations sur le passé de Packy Noonan. À l'âge de seize ans, il a travaillé dans le cadre d'un programme de réadaptation pour jeunes délinquants à Stowe. Il abattait des arbres de Noël sur la propriété de Lem Pickens. Il n'y a peut-être aucun rapport mais, comme je vous l'ai dit, on l'a vu quittant New York dans un minibus immatriculé dans le Vermont. J'ignore pourquoi il se donnerait le mal d'abattre un arbre, mais gardez ça en tête quand vous parlerez avec les gens du coin. »

Le cœur d'Alvirah se serra. Opal avait une heure de retard et il était possible que Packy Noonan soit dans les parages. Opal était partie à skis ce matin parce qu'elle voulait vérifier quelque chose. Le sixième sens d'Alvirah, celui sur lequel elle avait toujours compté, lui disait qu'il y avait un lien entre les deux.

Et ce n'était pas rassurant.

24

PLUS tôt ce matin-là, alors que le soleil se levait au-dessus de la montagne, Lem et Viddy, main dans la main, chaussés de raquettes, avaient traversé leur propriété, impatients de jeter un dernier regard à leur arbre bien-aimé avant qu'il n'appartienne au monde.

« Je sais que c'est dur, Viddy », dit Lem. La buée de son haleine montait dans l'air froid du petit matin. « Mais pense aux moments merveilleux que nous allons passer à New York. Et l'arbre n'est pas parti pour toujours. J'ai entendu dire qu'après avoir démonté les sapins de Noël, ils les utilisent parfois pour en faire des copeaux destinés à aménager des chemins de l'Appalachian Trail [1].

1. Appalachian Trail : célèbre chemin de randonnée qui s'étend sur 2160 miles du Maine à la Géorgie. (*N.d.T.*)

Viddy avançait en trébuchant. Elle répondit avec des larmes dans la voix : « C'est très bien, Lem, mais je n'ai pas envie de faire une randonnée sur l'Appalachian Trail. C'est une époque révolue pour moi.

– Il leur arrive aussi de se servir du tronc pour fabriquer des obstacles pour le Centre équestre national.

– Je n'ai pas plus envie que des chevaux sautent par-dessus mon arbre. Et où est-il, ce fameux centre équestre ?

– Quelque part dans le New Jersey.

– Ne compte pas sur moi pour y aller. Après ce voyage à New York, je ne ferai plus jamais de valise de ma vie. Lorsque nous serons de retour, tu pourras donner mes bagages à la Croix-Rouge. »

Ils avaient franchi la dernière courbe du sentier et débouchaient dans la clairière. Ils restèrent bouche bée. Là où leur arbre chéri s'était épanoui pendant cinquante ans ne restait qu'une souche irrégulière d'une trentaine de centimètres de hauteur. L'échelle des bûcherons chargés de préparer l'arbre était couchée sur le côté et la grue avait été déplacée.

« Ils sont venus à l'aube et ont abattu notre épicéa ! s'écria Lem, furieux. Ces types se croient tout permis. Mais ils ne perdent rien pour attendre. L'arbre nous appartenait jusqu'à dix heures du matin, ils n'avaient pas le droit de le couper plus tôt. »

Viddy, plus prompte à réfléchir, lui désigna la grue. « Mais Lemmy, pour quelle raison auraient-ils agi ainsi alors qu'ils savaient que l'abattage se ferait en présence d'une quantité de journalistes et de caméras de télévision ? New York adore la publicité. C'est bien connu. » Oubliant son humeur chagrine sous le coup de l'indignation, elle déclara : « Tout ça n'a aucun sens. »

Comme ils s'approchaient de la souche, ils entendirent le roulement d'une voiture qui arrivait dans leur direction.

« Peut-être viennent-ils récupérer la grue », dit Lem planté fermement à côté de la souche. « Je vais leur dire leur fait. »

Un homme d'une trentaine d'années s'avançait vers eux. Lem l'avait rencontré la veille quand l'équipe de bûcherons attachait les basses branches de l'arbre. Un dénommé Phil Machinchose. Viddy et lui virent une expression de stupéfaction se peindre sur son visage. « *Qu'est-il arrivé à cet arbre ?* » hurla-t-il.

La colère de Lem explosa. « Vous ne le savez donc pas ?

– Comment voulez-vous que je le sache ! Je me suis réveillé à l'aube et j'ai décidé de venir plus tôt. Les autres seront là à huit heures. Et où est passé notre camion à plateau ? »

Viddy soupira. « Lem, je t'ai dit que ce n'était certainement pas les gens du Rockefeller Center qui avaient coupé notre arbre, que ça n'avait aucun sens. Mais qui d'autre a pu le faire ? »

À côté d'elle, son mari se dressa de tout son mètre quatre-vingt-deux, pointa un doigt accusateur en direction des bois, et hurla : « C'est ce fumier de Covel qui a fait le coup ! »

Presque quatre heures plus tard, lorsque les Reilly et les Meehan arrivèrent sur les lieux, Lem était toujours là, éructant, lançant son accusation à la face du monde. La nouvelle s'étant déjà répandue que quelqu'un s'était emparé d'un arbre de trois tonnes, la centaine de spectateurs attendue s'était transformée en une foule de trois cents personnes qui ne cessait d'augmenter. La forêt grouillait de journalistes, de caméras de correspondants des principales chaînes de télévision. Pour le plus grand plaisir des médias, ce qui avait commencé comme un divertissement typiquement américain devenait un fait divers excitant.

Les Meehan et les Reilly se dirigèrent vers l'officier de police qui se trouvait au poste de contrôle, à la lisière de la clairière. Alvirah scrutait la foule dans l'espoir de voir apparaître Opal.

Jack se fit connaître auprès de l'officier, lui présenta le petit groupe qui l'accompagnait, précisant qu'Alvirah écrivait un article pour un journal de New York, et lui demanda de le mettre au courant des événements.

« Eh bien, cet arbre, qui était censé finir sa carrière dans votre ville, a été purement et simplement volé. Nous avons trouvé un camion à plateau abandonné sur la Route 100, près de Morristown, ce qui laisse supposer qu'il a servi aux malfaiteurs qui ont fait le coup. On est en train de vérifier l'immatriculation du véhicule. Les gens du Rockefeller Center ont offert une récompense de dix mille dollars pour l'arbre s'il est encore en bon état. Avec une telle couverture médiatique – il montra les caméras – tout le monde va se lancer à sa recherche.

– Croyez-vous que des jeunes auraient pu s'amuser à le prendre ? » demanda Alvirah.

L'officier eut l'air sceptique. « Il faudrait qu'ils soient drôlement forts. Il ne suffit pas de se pointer et de donner quelques coups de hache pour abattre un arbre de cette taille. Si vous le coupez sous un mauvais angle, il risque de vous tomber dessus. Mais qui sait ? On le retrouvera peut-être tout décoré sur le campus d'un collège. Ça m'étonnerait, cependant. »

Lem Pickens finit par se calmer. Il était resté sur les lieux pendant presque quatre heures, n'en bougeant que pour aller frapper avec le chef de la police à la porte de Wayne Covel. Il commençait à avoir froid malgré sa rage. Viddy avait déjà fait deux ou trois trajets à la maison pour en rapporter du café. À présent, ils se dirigeaient vers l'officier de police.

« Sergent, est-ce qu'on a vraiment cuisiné ce voleur d'arbre de Wayne Covel ?

– Lem, répondit l'officier d'un ton las, vous savez très bien que nous n'avons rien à lui reprocher pour l'instant. Nous l'avons tiré du lit à l'aube. Il affirme ne rien savoir. Ce n'est pas parce que vous le croyez coupable qu'il l'est forcément.

– Mettons, mais qui d'autre alors ? » demanda Lem. Il posait la question pour la forme.

Alvirah profita de l'occasion : « Monsieur Pickens, je suis journaliste au *New York Globe*. Pourrais-je vous interroger à propos d'un homme qui a travaillé chez vous il y a des années ? »

Lem et Viddy se retournèrent et se retrouvèrent face à Alvirah et aux gens qui l'accompagnaient.

« Et vous, d'où sortez-vous ? demanda Lem.

– Nous venons de New York et vous aimerez peut-être savoir que nous avons résolu un certain nombre d'affaires criminelles. »

Alvirah présenta ses amis aux Pickens.

« J'ai lu vos livres, madame Reilly ! s'exclama Viddy. Allons à la maison prendre un chocolat chaud. Nous pourrons parler plus tranquillement. »

Parfait, se dit Alvirah. Nous pourrons surtout poser des questions sur Packy Noonan sans que personne ne nous dérange.

« C'est ça, venez à la maison », insista Lem

d'un ton bourru, accompagnant l'invitation d'un geste de sa grosse main.

Alvirah se tourna vers l'officier de police. « Une de mes amies est partie tôt dans la matinée faire une balade en skis de fond. Elle devait nous rejoindre pour le petit-déjeuner. Je commence à m'inquiéter. »

Willy l'interrompit : « Je suis sûr qu'il ne lui est rien arrivé, ma chérie. Je vais l'attendre. Elle finira bien par revenir. Nous te rejoindrons ou te retrouverons ici.

– Cela ne t'ennuie pas ?

– Non, ça ne manque pas d'animation dans le coin. Peut-être devrais-tu me prêter ta broche. »

Alvirah sourit. « Compte là-dessus ! » Elle rejoignit les autres qui suivaient déjà les Pickens.

25

OPAL s'était évanouie pendant qu'on la traînait à l'intérieur de la maison. Les hommes la déposèrent sur le canapé défoncé du séjour. Elle revint aussitôt à elle, mais réfléchit qu'il valait mieux feindre d'être inconsciente jusqu'à ce qu'elle trouve un moyen de se sortir d'affaire. Une odeur de graillon flottait dans la pièce et les fenêtres ainsi que la porte étaient ouvertes, sans doute dans l'espoir de l'éliminer. Un courant d'air froid la fit frissonner. Gardant les paupières mi-closes, elle aperçut Benny et Jo-Jo et comprit que c'étaient eux qui avaient prêté main-forte à Packy pour la tirer à l'intérieur.

Ces trois maudits escrocs se sont donc retrouvés ! De vrais Pieds Nickelés, pensa-t-elle avec mépris. Une chose était sûre, Dieu n'avait pas fait don de la beauté aux deux jumeaux. Je me suis souvenue de la démarche de pachyderme de Benny et voilà où ça m'a menée. J'aurais dû dire à Alvirah où j'allais et pourquoi. Que vont-ils faire de moi ?

« Tu peux fermer les fenêtres maintenant, aboya Packy. On pèle ici. »

Il s'approcha du canapé et contempla Opal. Puis il se mit à lui tapoter les joues. « Allez, allez. Réveillez-vous. »

Dégoûtée par son contact, Opal ouvrit brusquement les yeux. « Bas les pattes, Packy Noonan ! Espèce de sale voleur !

– On dirait que vous avez repris vos esprits, gronda Packy. Jo-Jo, Benny, emmenez-la dans la cuisine et attachez-la à une chaise. Pas question qu'elle nous fausse compagnie. »

Les skis d'Opal étaient posés par terre. Les jumeaux la conduisirent sans ménagement dans la cuisine où Milo préparait nerveusement une autre cafetière tout en se demandant quelle peine encourait l'auteur d'un kidnapping. L'odeur de graisse brûlée et des crêpes carbonisées, combinée à l'air froid, incommoda davantage Opal.

Elle regarda Milo. « C'est vous le chef cuistot ?

Il semble que vous ayez besoin de quelques leçons.

– Je suis poète », répondit Milo d'un ton navré.

Benny et Jo-Jo passèrent une corde autour des jambes et de la poitrine d'Opal.

« Laissez-moi les mains libres, leur dit-elle sèchement. Vous aurez peut-être envie que je vous signe un autre chèque. Et je voudrais un café.

– Elle est déchaînée cette nana, grogna Jo-Jo.

– Non, mon vieux, le reprit Benny. Elle est ficelée comme un saucisson. »

Il pouffa, ravi de son bon mot.

« La ferme, Benny », ordonna Packy en pénétrant dans la pièce. « Il n'y a personne d'autre dehors. Elle est sans doute venue seule. » Il s'assit à la table en face d'Opal. « Comment avez-vous su que nous étions ici ?

– Donnez-moi mon café d'abord. »

L'angoisse qui s'était emparée d'elle au début avait fait place à la colère. Le visage de Packy trahissait qu'il était aux abois. Il était clair qu'il aurait dû se trouver dans le centre de réinsertion de New York en ce moment. Il n'avait certainement pas obtenu l'autorisation de passer le week-end dans le Vermont. Avant de mettre les voiles, était-il venu récupérer l'argent qu'elle l'avait toujours soupçonné d'avoir mis en lieu sûr ? Était-il caché dans les environs ? Pour quelle autre raison lui et les jumeaux seraient-ils dans le Vermont ? Sûrement pas pour s'adonner aux joies du ski.

« Du lait et du sucre dans votre café ? demanda Milo poliment. Nous avons du lait écrémé ou demi-écrémé.

– Écrémé et pas de sucre. » Elle examina les jumeaux de la tête aux pieds. « Cela ne vous ferait pas de mal d'en faire autant. »

Curieusement, Opal ressentait une certaine satisfaction à lancer des insultes à la tête de ces hommes qui lui avaient causé un tel préjudice autrefois. Je devrais avoir peur, se dit-elle, mais je réagis comme s'il ne pouvait rien m'arriver de pire que ce qu'ils m'ont déjà fait.

« J'ai essayé de suivre un régime, dit Benny. C'est pas facile quand on est stressé.

– Ça fait à peine quatre jours que tu es stressé, lui rétorqua Packy. Essaye plutôt douze ans et demi de taule, tu verras. »

Milo posa un gobelet de café devant Opal.

« J'espère que vous le trouverez à votre goût », lui murmura-t-il gentiment.

« Accouchez maintenant, Opal », la somma Packy.

Opal avait déjà réfléchi aux informations qu'elle lui communiquerait. Si elle lui disait que des gens allaient se mettre à sa recherche, est-ce qu'ils la relâcheraient ou au contraire l'emmèneraient-ils avec eux ? Elle choisit de ne pas s'éloigner de la vérité. « En me baladant en skis l'autre jour, j'ai aperçu un homme devant la ferme qui attachait des skis sur le toit du minibus. J'ai cru le reconnaître. Son image m'a poursuivie toute la journée, et ce matin je me suis rendu compte qu'il me rappelait Benny. C'est alors que j'ai décidé de venir voir si je m'étais trompée.

– Benny a encore frappé, bougonna Packy. À qui en avez-vous parlé ?

– À personne. Mais mes amis vont commencer à s'inquiéter en ne me voyant pas rentrer. »

Elle préféra ne ne pas préciser que les amis en question comprenaient le chef de la brigade des Affaires spéciales de la police de New York, une détective privée, ainsi que la meilleure enquêtrice amateur de tout le pays.

Packy la regarda fixement, puis se tourna vers Benny. « Allume la télévision. » Il y avait un petit poste sur le comptoir de la cuisine. « Voyons s'ils ont déjà découvert la souche dans la forêt. »

Il n'aurait pu mieux tomber. Un gros plan montrait un Lem Pickens gesticulant, furieux, le doigt pointé vers la souche, jurant que son voisin Wayne Covel était l'auteur de ce forfait. Packy saisit sur la table la machette marquée au nom de Wayne.

« Ça y est, les gars. C'est notre bonhomme, dit-il d'un ton neutre. Benny, Jo-Jo, il faut que je vous parle en privé. » Il s'adressa à Milo : « Surveille-la. Récite-lui un poème ou je ne sais quoi. »

« Quelqu'un a scié l'arbre de Noël du Rockefeller Center ! » s'écria Opal tandis que les trois hommes gagnaient la salle de séjour et se rassemblaient dans un coin, hors de portée de voix.

Milo fit un geste dans leur direction. « Ce sont *eux* qui ont fait le coup. C'est à peine croyable, non ? »

« Jo-Jo, disait Packy, est-ce que tu as acheté le somnifère pour le vol de retour au Brésil ?

– Bien sûr, Packy.

– Où est-il ?

– Dans ma valise.

– Va me le chercher. Presto. »

Benny parut ennuyé. « Packy, je sais que nous n'avons pas fermé l'œil, la nuit dernière, je sais que tu es nerveux et préoccupé. Mais je ne crois pas que tu devrais prendre une pilule maintenant.

– De quoi je me mêle ! » siffla Packy entre ses dents.

Jo-Jo se dépêcha de monter à l'étage et revint un instant plus tard, un flacon à la main. Il le tendit à Packy, l'air interrogateur.

« Nous devons au plus vite aller chez Wayne Covel, nous introduire chez lui et trouver les diamants. Même attachée, cette bonne femme risque de s'échapper. Et si quelqu'un la découvre ici, elle parlera. Il faut donc s'assurer qu'elle restera inconsciente jusqu'à ce que nous soyons à bord de l'avion, déjà loin. Deux de ces petites pilules la feront tenir tranquille pendant au moins dix-huit heures.

– Je croyais que Milo devait rester ici ?

– Exact. Endormi à côté d'elle. »

Packy versa quatre pilules dans sa main.

« Comment tu vas t'y prendre pour qu'ils les avalent ? murmura Benny.

– Tu serviras à Milo une tasse de café, tu y verseras les deux cachets et tu remueras. Quand il aura ingurgité le tout, ça m'étonnerait qu'il puisse rester éveillé assez longtemps pour écrire un poème. De mon côté, je vais être très aimable et préparer une autre tasse pour Miss Pleine-aux-As. Si elle refuse de la boire, je passerai au plan B.

– C'est quoi le plan B ?

– La forcer à l'avaler. »

En silence, ils regagnèrent la cuisine où Opal fournissait à Milo une liste détaillée de tous les gens qui avaient laissé des plumes dans l'escroquerie.

« Un couple a placé chez eux le montant de sa retraite, disait-elle. Et ils ont dû vendre leur jolie maison de Floride. Aujourd'hui, ils font des petits boulots pour améliorer les versements de la Sécurité sociale. Et il y a cette femme qui...

– Cette femme qui bla-bla-bla, l'interrompit Packy. Je n'y peux rien, si vous avez tous été aussi stupides. En attendant, je boirais bien un autre café. »

Milo se leva d'un bond.

« Ne te dérange pas mon vieux, je m'en occupe, proposa Benny.

– Oh regardez ! » s'exclama Packy, un doigt pointé vers la télévision.

Sur l'écran, un officier de police et Lem Pickens frappaient à la porte d'une ferme en piteux état. La voix du journaliste informait les auditeurs que le policier avait insisté pour l'accompagner jusqu'à la maison de Wayne Covel. « Pendant des années, Pickens et Covel ont passé leur temps à se quereller et, cette année, l'arbre de Covel a failli être choisi pour le Rockefeller Center », expliquait le reporter.

« Je me souviens d'avoir vu cette baraque quand j'étais môme », dit Packy en posant la tasse de café à côté d'Opal. « Elle a l'air encore plus minable aujourd'hui. »

Un homme hirsute en chemise de nuit rouge apparaissait sur le seuil. Un dialogue animé s'ensuivait entre Lem et lui. Un gros plan du visage de Wayne Covel remplit l'écran.

« Regardez ces égratignures, gronda Packy. Elles sont récentes. Il s'est éraflé la figure en fouillant dans l'arbre et en volant notre flasque.

– Il paraît que c'est vous qui avez abattu l'arbre, dit Opal d'un ton accusateur. Qu'aviez-vous caché à l'intérieur ? »

Packy la regarda droit dans les yeux. « Des *diamants*, ma chère. Une fortune en diamants. L'un d'eux vaut trois millions. Je lui ai donné votre nom. » Il se tourna à nouveau vers la télévision. « Cet égratigné de malheur les a volés. Mais nous allons les récupérer. Je penserai à vous quand nous mènerons la belle vie avec votre fric.

– Vous n'y arriverez jamais.

– C'est vous qui le dites. » Il regarda la tasse à moitié vide d'Opal et sourit. Celle de Milo était encore aux trois quarts pleine. Il s'assit. « Maintenant, que tout le monde la boucle, je veux écouter les nouvelles. »

Ils eurent droit à plusieurs spots publicitaires, suivis du bulletin météo local.

« Temps froid et couvert. Des nuages de neige devraient se former dans la journée. »

Packy et Jo-Jo se lancèrent un coup d'œil. Ils avaient appelé leur pilote au milieu de la nuit pour lui signifier de gagner la piste d'atterrissage non loin de Stowe et d'attendre. Maintenant, avec la menace d'une tempête de neige, leur départ risquait d'être retardé. Packy bouillait d'impatience, mais il savait qu'il devait rester calme jusqu'à ce que les pilules fassent leur effet.

Ses chances de s'enfuir au Brésil étaient de plus en plus minces.

Lorsque le chroniqueur météo en eut terminé avec les prévisions, l'histoire de l'arbre volé revint sur le tapis. Puis un nouveau sujet occupa l'antenne. « Packy Noonan, un escroc de grande envergure récemment libéré sous condition, a été vu hier en train de monter dans un minibus dans le centre de Manhattan. Le véhicule, immatriculé dans le Vermont, avait des skis sur le toit. » Le contenu du gobelet de Packy alla éclabousser l'écran. « Peut-être se dirige-t-il vers notre région, ajouta l'un des deux présentateurs du journal.

– Espérons que non », dit son comparse, visiblement tout excité. « Comment cet homme a-t-il pu duper autant de gens ? Il n'a pas l'air tellement intelligent.

– C'est vrai », bredouilla Opal d'une voix ensommeillée.

Packy ignora sa remarque et se leva pour baisser le son. « Super, dit-il d'un ton furieux. On ne peut plus utiliser le minibus et tout le monde a vu ma photo.

– Et personne ne peut oublier un aussi joli

minois », murmura Opal. Ses paupières lui semblaient très lourdes soudain.

Benny commença à bâiller. Il regarda la tasse de café qu'il tenait à la main et une expression horrifiée se peignit sur son visage. Il se retourna et vit que Packy et Jo-Jo le fixaient, consternés. Pour la première fois de sa vie, Benny comprit qu'il valait mieux ne rien dire.

Jo-Jo articula silencieusement les mots : « Espèce d'imbécile », puis se rua à l'étage à la recherche de deux pilules supplémentaires. Il descendit et remplit à nouveau la tasse de Milo.

Vingt minutes plus tard, ils étaient trois dans les vapes, la tête appuyée sur la vieille table de bois.

Jo-Jo tenta d'excuser son frère. « Benny a été distrait par les informations à la télé. Parfois, il a du mal à se concentrer sur plus d'une chose à la fois.

– J'ai pas besoin d'un dessin, l'interrompit Packy. On va porter le poète et la peste à l'étage et les attacher aux lits. Quant à Benny, nous le fourrerons dans le coffre de la voiture de Milo. Dès que nous aurons les diamants, nous filerons d'ici en vitesse.

– Peut-être qu'on devrait laisser un petit mot à Benny et revenir le chercher, suggéra Jo-Jo.

– Je suis pas chauffeur de taxi. Il sera très bien dans le coffre. J'espère seulement qu'il ne faudra pas le porter jusqu'à l'avion. Maintenant en route ! »

26

LES QUATRE REILLY et Alvirah étaient assis dans le séjour de Lem et de Viddy. Au-dessus de la cheminée, dans des cadres identiques, étaient exposées deux photos, l'une de Lem et Viddy le jour de leur mariage en train de planter l'épicéa bleu aujourd'hui disparu, et l'autre de Maria von Trapp souriante, le doigt pointé vers le jeune arbre.

Lem entra avec un plateau chargé de tasses de chocolat fumant. Viddy le suivait portant une assiette de biscuits maison en forme de sapins de Noël. « Je viens d'apprendre à les faire. J'avais l'intention de les distribuer aujourd'hui au moment où l'on abattrait l'arbre et, au cas où ils auraient été appréciés, j'avais prévu d'en confectionner une bonne quantité et de les apporter à

New York. » Son front se plissa. « Autant oublier la recette, désormais.

– Pas de précipitation, Viddy, la reprit Lem. Nous allons récupérer cet arbre, même si je dois mettre une balle dans chaque orteil de Wayne Covel pour qu'il m'avoue où il l'a caché. »

Ce type n'y va pas de main morte, pensa Regan.

Lem distribua les tasses de chocolat, puis s'assit sur le vieux rocking-chair en face du canapé. Le fauteuil semble faire partie du personnage, se dit Regan. Elle accepta un des biscuits de Viddy avec un sourire. Visiblement, Lem était prêt à aller au fait.

« À propos, Alvirah, c'est vraiment comme ça que vous vous appelez ?

– Oui.

– D'où tirez-vous un nom pareil ?

– Du même endroit d'où vous avez tiré Lemuel.

– Un point pour vous. Maintenant, dites-moi : que vouliez-vous me demander ? » Il but une gorgée de son chocolat, poussa un « Ahhhhh ! » et regarda autour de lui. « Vous feriez mieux de souffler dessus avant de boire. Il est brûlant. »

Alvirah éclata de rire. « Ma mère avait une amie qui versait son chocolat dans une soucoupe pour qu'il refroidisse. Son mari lui demandait : “Pourquoi ne pas l'éventer avec ton chapeau ?”

– J'avoue que ça m'aurait agacé. »

Alvirah rit à nouveau. « Sans doute y était-il habitué. Ils sont restés mariés soixante-deux ans. Mais revenons à nos moutons. Avez-vous le souvenir d'un dénommé Packy Noonan qui a travaillé chez vous voilà des années dans le cadre d'un programme de réinsertion pour jeunes délinquants ?

– Packy Noonan ! s'exclama Viddy. C'est le seul de ce groupe qui soit jamais revenu nous rendre visite. Les autres n'étaient qu'une bande d'ingrats. Bien que, pour être franche, je me sois longtemps demandé si ce n'était pas lui qui avait chipé le camée monté en broche sur ma coiffeuse.

– Nous n'avons pas eu d'enfants, continua Lem, et nous avions l'habitude de contribuer à ce programme pendant la saison d'automne, lorsque les gens venaient choisir leurs arbres de Noël. C'était important pour ces garçons à problèmes.

Une façon de leur redonner confiance en eux. De les aider à se reprendre en main.

– La méthode n'a pas marché avec Packy Noonan, dit Alvirah catégoriquement.

– Que voulez-vous dire ?

– Il vient de sortir de prison après avoir purgé une peine de plus de douze ans pour avoir soutiré de grosses sommes d'argent à beaucoup de gens. Il était en liberté surveillée et n'a pas respecté ses obligations. On l'a vu hier à New York montant dans un minibus immatriculé dans le Vermont. Je me demandais si vous aviez gardé un contact avec lui pendant toutes ces années.

– Il a été emprisonné il y a douze ans ? s'exclama Lem.

– C'est incroyable ! dit Viddy. Ce serait donc bien *lui* qui aurait pris ma broche ! Mais il m'a paru si gentil quand il est venu nous faire une petite visite. Il était transformé. Très chic. Gosse, vous lui auriez donné six sous, ce jour-là il avait l'air prospère.

– Après avoir fait prospérer l'argent des autres, marmonna Luke dans sa barbe.

– Viddy, quand est-il venu nous voir ? » demanda Lem.

Viddy ferma les yeux. « Laisse-moi réfléchir. Ma mémoire n'est plus ce qu'elle était, mais elle est encore assez bonne... »

Ils attendirent.

Les yeux toujours clos, Viddy chercha à tâtons sa tasse de chocolat, la porta à ses lèvres, souffla dessus et but une minuscule gorgée. « C'était au printemps. Je me souviens que je faisais des gâteaux pour la vente de charité en faveur du centre du troisième âge dont la cave avait été inondée. Toutes les cartes du jeu de bingo étaient fichues. C'était il y a treize ans et demi exactement. Juste après l'orage qui avait éclaté le jour de la fête des Mères. Toutes ces dames étaient trempées à la sortie de l'église. Quoi qu'il en soit, c'est cette semaine-là que Packy a sonné à notre porte. Je l'ai invité à entrer et il s'est montré charmant. Il a mangé une part de gâteau et bu un verre de lait. Il a dit que cela lui rappelait ses visites à sa mère, et il a ajouté qu'elle lui manquait terriblement. Il en avait les larmes aux yeux. Je lui ai demandé ce qu'il faisait dans la vie et il a répondu qu'il était dans la finance.

– Pour sûr qu'il était dans la finance ! s'exclama Alvirah. Et vous, Lem, l'avez-vous vu ce jour-là ?

– Lem était retourné dans la forêt pour élaguer des arbres, répondit Viddy. J'ai utilisé le sifflet qui est accroché à la porte pour le prévenir et il est revenu tout de suite.

– Je suis descendu de l'échelle et je suis rentré. J'ai été sacrément surpris de voir Packy.

– Vous a-t-il donné la raison de sa visite ? demanda Alvirah.

– Il nous a dit qu'il passait dans la région pour ses affaires et qu'il avait voulu nous remercier pour tout ce que nous avions fait pour lui. Puis il a vu la photo de l'arbre sur la cheminée et a demandé si c'était toujours notre préféré. J'ai répondu que oui et l'ai invité à venir l'admirer. Ce qu'il a fait. Il a dit qu'il était magnifique. Puis il m'a aidé à rapporter l'échelle jusqu'à la grange. Je l'ai prié de rester dîner, mais il devait partir. Il a promis qu'il donnerait de ses nouvelles. Jamais plus entendu parler de lui. Maintenant je sais pourquoi. Les seuls appels que vous pouvez passer depuis une prison sont en PCV.

– J'espère qu'il n'a pas l'intention de nous rendre visite à nouveau. La prochaine fois, je lui claquerai la porte au nez », promit Viddy.

Regan et Alvirah échangèrent un regard.

« Tout ça s'est donc passé voilà treize ans et demi ? demanda Alvirah.

– Oui », répondit Viddy, les yeux maintenant grands ouverts.

« Je ne comprends pas pourquoi Packy Noonan reviendrait dans le coin, dit Lem. Qu'est devenu l'argent qu'il a volé ?

– Personne ne le sait, dit Regan. Mais tout le monde semble penser que, où qu'il soit en ce moment, il va se pointer là où il l'a caché.

– Il ne vous a pas sollicités pour investir dans sa compagnie de transports bidon ce jour-là ? demanda Alvirah. C'était pourtant l'époque où son escroquerie fonctionnait à plein régime.

– Il ne nous a pas demandé un cent. Il n'aurait pas essayé de rouler Lemuel Pickens ! »

Alvirah secoua la tête. « Il a roulé un tas de gens très malins. J'ai une amie qui a perdu beaucoup d'argent dans cette escroquerie à ce moment-là. La veille de son arrestation, Packy la poussait encore à inciter certains de ses amis à investir dans sa compagnie. C'est étonnant qu'il n'ait pas tenté de vous demander un chèque. Il devait avoir une autre idée en tête. Cette amie dont je vous parlais était censée nous retrouver pour le petit-déjeuner ce matin et nous ne l'avons pas revue. La pensée que Packy soit dans le Vermont, peut-être non loin d'ici, m'inquiète terriblement.

– Le seul criminel dont vous ayez à vous soucier dans le coin, s'écria Lem, c'est celui qui habite à côté, Wayne Covel. Il a abattu mon arbre, et il va le payer.

– Lem, du calme, le reprit Viddy. Alvirah se fait du souci pour son amie.

– Est-ce que ce Wayne Covel aurait pu rencontrer Packy à l'époque où il travaillait chez vous ? » demanda Alvirah.

Lem haussa les épaules. « C'est possible. Ils ont à peu près le même âge.

– Je devrais peut-être aller le trouver et lui parler.

– En tout cas, il ne risque pas de me parler à moi ! » hurla Lem.

Viddy sentit qu'il était temps de changer de sujet. Lorsque Lem s'énervait, il fallait du temps pour le calmer. « Nora, dit-elle, j'aime beaucoup lire. J'ai même essayé d'écrire de la poésie. D'ailleurs, il y a un garçon récemment arrivé à Stowe qui donne des lectures de poésie dans la vieille ferme qu'il habite. Mais il est d'un ennui mortel et je n'y suis jamais retournée. Il a lu un de ses anciens poèmes à propos d'une pêche qui tombe amoureuse d'une mouche du fruit. Vous imaginez !

– C'est un dénommé Milo, un type bizarre aux cheveux longs, avec une petite barbe, n'est-ce pas, Viddy ? demanda Lem.

– Il n'est pas si bizarre.

– Tu parles ! Il se ramène dans le Vermont. Ne skie pas, ne patine pas. Reste dans cette vieille ferme délabrée toute la journée à écrire des poèmes. Il y a quelque chose de pas normal là-dessous. Ce n'est pas votre avis, Nora ?

– Oh ! commença Nora, un écrivain a parfois besoin de travailler dans le calme et la solitude.

– Travailler ? Écrire sur les pêches et les mouches du fruit, je n'appelle pas ça travailler ! Je me demande combien de temps il pourra tenir. Comment paye-t-il ses factures ? »

Alvirah s'impatientait. Il lui tardait de partir et d'aller voir si on avait des nouvelles d'Opal.

« Comme vous le savez, j'écris un article pour mon journal à propos de votre arbre. Voyez-vous un inconvénient à ce que je vous téléphone plus tard ? La police aura peut-être une piste. Je n'arrive pas à croire qu'un sapin de Noël de vingt-quatre mètres se soit volatilisé dans la nature.

– Moi non plus, je n'y crois pas, dit Lem. Et je vais constituer une équipe pour le retrouver !

– Quelqu'un veut-il encore du chocolat ? » demanda Viddy.

27

WAYNE COVEL avait essayé de dormir un peu après avoir caché la flasque aux diamants dans l'orme de son jardin.

Mais le sommeil l'avait fui. Il s'était rendu compte qu'avoir planqué les diamants dans l'arbre avait été une idée stupide. Si les gens du Rockefeller Center venaient le supplier de leur vendre son épicéa bleu, qui sait ce qui pouvait arriver ? L'orme n'en était pas très éloigné. Supposons qu'un photographe veuille grimper dedans pour avoir une vue d'ensemble de l'abattage de l'arbre ?

La pensée de ne pas avoir gardé la flasque en sécurité, sous ses yeux, avait rendu Wayne nerveux.

Peu avant l'aube, il était sorti de la maison,

avait grimpé dans l'orme et repris la flasque. Il l'avait emportée avec lui dans son lit, avait dévissé le bouchon, jeté un rapide coup d'œil aux diamants, puis s'était enfin assoupi, serrant son bien contre lui.

Quand Lem Pickens avait cogné à la porte avec le chef de la police, Wayne s'était levé d'un bond, la flasque lui avait échappé des mains pour aller atterrir sur le plancher rugueux avec un bruit sourd. Le bouchon avait volé en l'air et les diamants s'étaient répandus dans toute la pièce, au milieu d'un incroyable fatras, se mêlant au linge sale jeté çà et là.

Wayne était allé ouvrir dans sa chemise de nuit rouge et avait reculé, horrifié, à la vue de la batterie de caméras de télévision braquées sur lui. Sa première pensée avait été que le chef de la police était peut-être muni d'un mandat de perquisition. Quand il s'était rendu compte qu'ils étaient venus simplement pour permettre à Lem de se défouler, Wayne les avait injuriés à son tour et envoyés paître. Chacun est maître chez lui, s'était-il dit. Il n'allait pas se laisser intimider par le premier venu. Il avait fermé la porte à clé et couru dans sa chambre ramasser les diamants.

Maintenant qu'il était seul, après avoir trié le linge sale et s'être assuré que tous les diamants étaient bien dans la flasque, il résolut de faire une lessive. J'aurais dû compter les diamants hier au soir, regretta-t-il, même si la flasque lui paraissait pleine.

Prenant une pile de linge, il se dirigea vers la porte de la cuisine qui menait au sous-sol, l'ouvrit, actionna l'interrupteur, et descendit les marches branlantes, évitant avec soin la dernière qui était cassée. Pas étonnant que je ne m'aventure pas souvent ici, pensa-t-il en respirant l'odeur de moisi de la cave. Il faudrait que je me décide à faire le ménage un jour, mais désormais je vais pouvoir engager quelqu'un pour toutes ces corvées. Avant tout, je devrais me débarrasser de la réserve à charbon. Papa a installé le chauffage au mazout après la Seconde Guerre mondiale, mais il s'est contenté de la vider, d'installer une porte et en a fait un petit atelier qu'il n'a jamais utilisé.

Moi non plus, d'ailleurs, reconnut-il. Le plus facile serait sans doute d'y mettre le feu au lieu de la nettoyer. Il déposa la pile de linge à même le sol devant la machine à laver, saisit une boîte de lessive quasiment vide sur une étagère et versa son maigre contenu dans la machine. Il ramassa la moitié des vêtements, les tassa dans le tambour, ferma la porte, régla le cadran et remonta l'escalier.

Le téléviseur était posé sur le comptoir de la cuisine près de l'ordinateur. Il mit la machine à café en marche, transporta l'ordinateur sur la table et alluma la télévision. Pendant le reste de la matinée, il la laissa allumée, zappant nerveusement entre les chaînes d'information, qui toutes couvraient la disparition de l'arbre. Il les entendit aussi répéter et répéter en boucle que Packy Noonan, un escroc en fuite, avait été vu en train de monter dans un minibus immatriculé dans le Vermont et qu'il avait travaillé jadis à Stowe dans le cadre d'un programme d'aide aux jeunes délinquants.

Packy Noonan, réfléchit Wayne. Packy Noonan. Ce nom me dit quelque chose.

Dans le même temps, Wayne essayait d'en savoir plus sur le monde des diamants en se connectant à divers sites Internet. Il faut que je trouve où vendre ces pierres, se disait-il. Il tomba sur des offres d'expertise : « Achetons aux plus hauts prix et vendons aux plus bas » semblait être le slogan universel de la plupart des officines qui faisaient le commerce des diamants. Ouais, d'accord, pensa Wayne. Ouais, je sais que les diamants sont éternels. Les meilleurs amis d'une femme. Bla-bla-bla. Lâchez-moi les baskets avec votre pub ! Il sourit. Lorna serait morte d'envie si elle avait pu jeter un coup d'œil à ces merveilles.

À ce moment – était-ce de la transmission de pensée ? –, il entendit le signal indiquant qu'un nouveau message venait d'arriver dans sa boîte et il fut stupéfait en voyant qu'il émanait de son ex.

Wayne,

Je vois que tu as gardé ta vieille chemise de nuit rouge et que tu te querelles toujours avec Lem Pickens. Et j'ai compris que s'ils ne retrouvent pas son arbre, c'est le tien qui pourrait être choisi pour le Rockefeller Center. Je sais que ce n'est pas toi qui l'as volé - ç'eût été trop de travail ! Peut-être aurais-tu pris la machette que je t'ai offerte à Noël et coupé une ou deux branches, mais pas plus. S'ils choisissent ton arbre, et que tu veux de la compagnie pour t'accompagner à New York, je suis à ta disposition.

Bisous,

Lorna.

P-S. Et ces égratignures sur ta figure ? On dirait que tu as une nouvelle petite amie qui est une vraie tigresse – à moins que tu te sois attaqué à cet arbre, après tout !

Wayne resta un instant à regarder le mail d'un air dégoûté. Bisous. Beurk. Elle cherche seulement à se faire offrir un voyage gratuit à New York. Elle veut que je la mette dans le coup. Si elle était au courant de la chose incroyable qui vient de se produire, elle sauterait sur son balai et rappliquerait aussitôt.

Qu'elle lui rappelle la machette qu'elle lui avait offerte pour Noël le fit sourire. Elle n'avait pas manqué de souligner qu'elle avait fait graver son nom sur le manche. On aurait dit qu'elle lui faisait cadeau d'un objet précieux. Puis, lentement mais sûrement, une inquiétude s'empara de lui.

La machette.

Sa ceinture à outils lui avait paru légère quand il l'avait bouclée ce matin pour aller chercher la flasque. À son retour, il l'avait jetée sur la chaise de la cuisine. Il s'en empara et la souleva.

La machette n'y était plus !

L'ai-je laissée tomber la nuit dernière près de

l'arbre de Lem ? J'étais comme fou après avoir découvert la flasque, j'ai pu la perdre sans m'en apercevoir. Quelle idée stupide d'y avoir fait graver mon nom !

Lem ne l'avait certainement pas trouvée, sinon il l'aurait brandie devant moi ce matin.

Ces escrocs qui ont abattu l'arbre – peut-être ont-ils mis la main dessus, eux. Peut-être sont-ils déjà en route pour venir ici. Peut-être vont-ils me tuer pour avoir pris leur butin.

Je ne veux pas rester tout seul dans cette maison. Mais si je pars, tout le monde croira que c'est moi qui ai abattu l'arbre.

Le téléphone sonna. Impatient d'entendre le son d'une voix, Wayne décrocha : « Allô ! »

La personne qui était au bout du fil resta sans rien dire.

« Allô ! répéta Wayne. Il y a quelqu'un ? »

Seul un déclic lui répondit.

28

« C'EST lui qui a la flasque, déclara Packy en refermant son mobile.
– Comment le sais-tu ? demanda Jo-Jo.
– Je le sais. Appelle ça l'instinct criminel.
– Tu parles en connaisseur, hein Packy ? »

Ils étaient en retard sur leur horaire. Packy et Jo-Jo étaient assis dans la guimbarde marron déglinguée que le propriétaire de la ferme conservait à l'origine pour son homme à tout faire, et qu'il avait ensuite vendue à Milo sans se faire prier. Quinze ans d'âge, réparée avec des pièces récupérées à la ferraille, les ailes cabossées, le pare-chocs arrière attaché par une corde, c'était l'exemple même de la voiture que seul un naïf comme Milo pouvait acheter.

Jo-Jo et Packy s'étaient mis à deux pour porter

Milo et Opal dans les chambres à l'étage et les attacher aux montants des lits. Ils avaient en vain essayé de réveiller Benny en lui jetant un seau d'eau froide au visage. Ils avaient fini par y renoncer, l'avaient tiré à l'extérieur et hissé dans le coffre de la voiture. Pris d'un élan d'affection fraternelle, Jo-Jo s'était précipité dans la maison et en était revenu avec un oreiller, qu'il avait placé sous la tête de Benny, et une couverture pour lui tenir chaud. Puis il avait placé une lampe torche dans sa main et épinglé un billet sur sa veste au cas où il se réveillerait et se demanderait ce qui lui était arrivé. « J'ai écrit qu'il devait rester sans bouger et ne pas faire de bruit jusqu'à notre retour, expliqua-t-il.

– Pourquoi pas lui lire une de ces histoires qu'on raconte aux enfants pour les endormir ? » grommela Packy.

Il savait qu'il leur était impossible d'utiliser le minibus, bien que Jo-Jo l'ait prévenu que la voiture de Milo risquait à tout moment de tomber en panne.

« Tu n'entends donc pas ce qu'ils disent à la télévision ! s'écria Packy. Ils disent qu'on m'a vu monter dans un minibus avec un porte-skis sur le toit et immatriculé dans le Vermont. Ils disent que j'ai travaillé ici, à Stowe, quand j'étais môme. À partir d'aujourd'hui, chaque flic du Vermont, surtout dans cette zone, va inspecter tous les minibus équipés de porte-skis. Si on sort le nôtre, autant nous rendre et toucher la prime offerte pour ma capture.

– Avec le tas de ferraille de Milo, on aura de la chance si on arrive jusqu'à la grange, répliqua Jo-Jo.

– On pourrait aussi utiliser le camion avec l'arbre. »

Packy et Jo-Jo se fusillèrent mutuellement du regard. Puis Packy se calma. « Jo-Jo, dit-il, il faut récupérer nos diamants. C'est sûrement ce type, Covel, qui les a. Personne ne nous remarquera dans cette guimbarde. Allons-y. »

Packy s'était installé au volant. Il mit ses lunettes noires. « Passe-moi un des bonnets de ski, demanda-t-il d'un ton cassant.

– Tu veux le bleu avec des rayures orange ou le vert avec...

– Passe-moi n'importe quel bonnet ! »

Packy mit le contact. Le moteur crachota et

cala. Il enfonça plusieurs fois l'accélérateur. « Démarre ! Démarre !

– Je devrais peut-être mettre un bonnet à Benny, dit Jo-Jo. Il n'y a pas de chauffage dans le coffre. Ses cheveux sont encore mouillés.

– Qu'est-ce qui te prend ? hurla Packy. Il suffit que ton frère roupille pour que tu deviennes encore plus bête que lui. »

Jo-Jo avait ouvert la porte. « Je vais lui mettre son bonnet, s'entêta-t-il. En outre, il n'a plus assez de globules rouges depuis notre séjour au Brésil. »

S'efforçant de garder toute sa raison, Packy entreprit d'évaluer les problèmes et leurs solutions possibles. Tout d'abord, personne ne prêterait attention à cette voiture. Le poète l'avait souvent utilisée. Nous devons faire le pari qu'elle ne tombera pas en panne. En tout cas, nous savons que Covel est chez lui. Nous nous introduirons dans cette masure qui lui sert d'habitation et l'obligerons à rendre la flasque. Il n'y a qu'une quinzaine de kilomètres jusqu'à l'aéroport et le pilote nous y attend.

Jo-Jo remonta dans la voiture.

« Grouille-toi, cria Packy. Il faut mettre les

voiles avant que quelqu'un se pointe à la recherche de Sherlock Holmes.

– Qui est Sherlock Holmes ? demanda Jo-Jo.

– Opal Fogarty, crétin ! La femme qui a placé son fric chez nous.

– Oh, elle ! Elle a un sacré caractère. Je n'ai pas envie de me trouver dans les parages quand elle se réveillera et se verra ligotée. »

Packy ne daigna pas faire de commentaire. Il appuya sur l'accélérateur et, cette fois, la voiture bondit en avant avec ses trois occupants, dont deux étaient bien décidés à retrouver leurs diamants et le troisième, s'il avait été conscient, aurait partagé cette détermination.

À l'intérieur de la ferme soigneusement fermée à clé, le brûleur que Jo-Jo croyait avoir éteint sous la cafetière était resté en veilleuse. Peu après le départ de la voiture, la flamme mourut. Un moment plus tard, une odeur délétère émanait de la cuisinière. Du gaz commençait à s'en échapper.

29

À L'INSTANT où Alvirah aperçut Willy seul près de la souche de l'épicéa, son cœur se serra. Elle fendit la foule des badauds et se précipita vers lui. « Pas de nouvelles d'Opal ? » demanda-t-elle.

La voyant bouleversée, Willy évita de répondre franchement. « Elle n'est pas ici, chérie, mais il y a gros à parier qu'elle est rentrée au chalet à l'heure qu'il est, et qu'elle est en train de faire sa valise, soucieuse de nous avoir manqués au petit-déjeuner.

– Elle m'aurait appelée sur mon mobile. J'ai laissé un message pour elle au chalet. Willy, tu sais aussi bien que moi qu'il lui est arrivé quelque chose. »

Les Reilly les rejoignirent. En voyant l'expression d'Alvirah, Regan comprit qu'Opal n'avait pas réapparu. « Vous devriez regagner votre chalet, dit-elle. Peut-être Opal s'est-elle perdue pendant sa randonnée à skis et est-elle seulement en train d'arriver à la Lodge. »

Alvirah fit un signe de tête. « Comme j'aimerais vous croire. »

Ils quittèrent rapidement la clairière toujours noire de journalistes et de caméras de télévision. Avant qu'ils aient atteint l'endroit où ils avaient garé leurs voitures, le téléphone d'Alvirah se mit à sonner. Ils retinrent leur souffle tandis qu'elle sortait rapidement son mobile de sa poche.

C'était Charley Evans, son rédacteur. « Alvirah, l'affaire se corse de minute en minute. Toutes les chaînes câblées en parlent. D'un bout à l'autre du pays, des gens envoient des mails horrifiés, exprimant leur indignation à l'égard de ceux qui ont volé l'arbre. Les téléspectateurs disent qu'il fait partie du patrimoine américain et qu'il faut le récupérer.

– C'est très bien », dit Alvirah distraitement.

Elle ne pensait qu'à Opal. Mais la suite la fit frissonner.

« Ce n'est pas tout. Écoutez la suite, il s'agit de

Packy Noonan : un des types qui partageaient sa chambre au centre de réinsertion a écouté les nouvelles à la télévision concernant le vol de l'arbre et la fuite de Packy. Il a appelé la police et leur a dit que Packy avait parlé la nuit dans son sommeil. Il marmonnait : "Faut que je retrouve la flasque."

– "Faut que je retrouve la flasque ?" répéta Alvirah. Il est resté sans rien boire pendant treize ans. Il rêvait peut-être d'un whisky.

– Mais c'est ce qu'il a dit ensuite qui est intéressant, poursuivit Charley.

– Qu'a-t-il dit ?

– Il répétait : "Stowe, Stowe." Son compagnon de chambre n'a fait le rapprochement que ce matin, en entendant parler de l'immatriculation du minibus dans le Vermont.

– Oh, mon Dieu ! s'écria Alvirah. L'amie qui nous a accompagnés ici, et dont je vous ai dit qu'elle avait perdu tout son argent dans l'escroquerie, a disparu.

– Elle a *disparu* ! »

Alvirah crut voir se déployer les antennes de Charley comme chaque fois qu'il flairait un scoop. « Elle n'est pas rentrée de sa randonnée en skis ce matin, dit-elle. Elle devait nous rejoindre à huit heures et demie.

– Si elle se trouvait soudain face à Packy Noonan, le reconnaîtrait-elle ? demanda Charley.

– Sans aucun doute.

– Vous semblez inquiète, Alvirah. J'espère qu'elle va bientôt revenir. Tenez-moi au courant. »

Alvirah informa ses amis des révélations sur Packy.

« Il a dit : "Faut que je retrouve la *flasque*" ? s'étonna Regan. S'il avait eu envie d'un verre de whisky ou d'une boisson quelconque, il n'aurait pas utilisé le mot *flasque*. Cette phrase doit avoir un autre sens.

– Beaucoup de gens se servent d'une flasque pour dissimuler de l'alcool, l'interrompit Nora. Boire un coup en douce.

– C'est ce que faisait l'oncle Terry, tu te souviens ? dit Luke. Il était imbattable pour lever le coude.

– Papa, pourrais-tu attendre que je sois mariée pour raconter nos charmantes histoires de famille ? » demanda Regan.

Jack lui sourit. « Attends de connaître les nôtres. » Puis il redevint sérieux. « Je me demande pour quelle raison Packy Noonan rêvait d'une flasque.

– J'aimerais savoir quelle importance a cette flasque pour lui, dit Alvirah à son tour. Mais pour l'instant ce qui m'inquiète vraiment, c'est qu'il ait parlé de *Stowe* pendant son sommeil. »

Opal n'était pas au chalet. Et elle n'y était pas passée pour faire ses bagages. Sa chambre était dans le même état depuis qu'Alvirah et Willy étaient partis, plusieurs heures auparavant. Le billet qu'Alvirah avait écrit à Opal était toujours sur le comptoir.

Ils se hâtèrent vers la Lodge et interrogèrent la réception.

« Notre amie Opal Fogarty semble avoir disparu, dit Alvirah. Avez-vous entendu parler d'une skieuse qui aurait eu un accident sur une piste de fond ? »

La réceptionniste parut inquiète. Elle secoua la tête. « Non, mais je peux vous assurer que les pisteurs parcourent les pistes en permanence. Je vais leur demander de faire des recherches. Depuis combien de temps miss Fogarty est-elle partie ?

– Elle a quitté notre chalet très tôt dans la matinée et devait nous retrouver pour le petit-déjeuner à huit heures et demie. Presque trois heures se sont écoulées depuis. » Le ton d'Alvirah trahissait son angoisse.

« Ils vont envoyer des scooters des neiges immédiatement. S'ils ne la retrouvent pas, nous avertirons le Centre de secours de Stowe. »

Le Centre de secours. Le nom même sonnait sinistrement aux oreilles d'Alvirah. « Opal a suivi deux cours de ski de fond depuis son arrivée, dit-elle à la réceptionniste. Pourriez-vous interroger le ou les moniteurs avec lesquels elle a skié ?

– Je vais voir si je peux les joindre. » La jeune fille appela la boutique de sports et posa quelques questions. Elle raccrocha peu après. « Le moniteur avec lequel miss Fogarty a skié hier dit qu'il n'est rien arrivé de particulier pendant son cours. Le samedi, elle a skié avec une monitrice qui est en congé aujourd'hui mais n'a rien rapporté de spécial à leur retour.

– Merci », dit Alvirah.

Elle communiqua le numéro de son mobile à l'employée en la priant de l'appeler aussitôt si elle avait des nouvelles d'Opal. Puis elle se tourna vers ses amis qui affichaient tous un air sombre. « Je n'ai vraiment pas envie d'aller voir mon érable en ce moment et je sais que vous devez partir.

Allez-y. Je vous préviendrai dès que Willy et moi aurons appris quelque chose. »

Regan regarda Jack. « Je ne suis pas obligée de rentrer. Je vais rester et aider Alvirah et Willy dans leurs recherches.

– Moi aussi », décida Jack.

Nora parut frustrée. « J'aimerais en faire autant, mais j'ai un avion à prendre demain matin à la première heure. » Elle secoua la tête. « Je ne peux absolument pas annuler ce déjeuner.

– Ne vous tracassez pas, ma chère, dit Alvirah. Quant à vous, Regan, Jack, vous n'avez pas besoin de rester.

– Nous restons, dit Jack, d'un ton sans réplique.

– Ne sois pas si anxieuse, chérie, dit Willy. Tout va s'arranger.

– Mais Willy, protesta-t-elle, il se peut que Packy Noonan soit dans les parages ! Il n'a pas respecté ses engagements et Opal a disparu. Si leurs routes se sont croisées, j'ignore ce qu'il a pu lui faire. Il sait qu'elle le déteste et donnerait tout pour le voir retourner en prison. En enfreignant les obligations de sa libération conditionnelle, c'est exactement là qu'il va finir.

– Alvirah, avez-vous une photo d'Opal dans vos affaires ? demanda Regan.

– Je n'ai même pas une seule photo de Willy.

– Est-ce que sa photo a paru dans la presse quand elle a gagné à la loterie ?

– Oui. C'est ainsi que ce bandit de Packy Noonan a découvert qu'elle avait de l'argent et décidé de s'attaquer à elle.

– Nous pouvons nous brancher sur le site du journal, imprimer la photo d'Opal et faire des copies que nous montrerons aux gens en leur demandant s'ils l'ont vue, dit Regan.

– Je m'en occupe, proposa Jack. Luke et Nora, je sais que vous devez faire vos bagages et rentrer chez vous. Alvirah et Willy, retrouvons-nous à votre chalet dans une demi-heure. Puis nous irons montrer la photo d'Opal en ville.

– J'ai un mauvais pressentiment, leur confia Alvirah. Je m'en veux de l'avoir invitée à nous accompagner. Dès notre arrivée, j'ai eu l'intuition que quelque chose allait mal tourner. »

Comme si un sixième sens l'avertissait que le gaz se répandait en ce moment dans la ferme où Opal et Milo reposaient, inconscients sous l'effet du somnifère.

30

APRÈS LE DÉPART des Reilly et des Meehan, Viddy s'affaira à desservir. Lem l'aida à emporter les tasses dans la cuisine et c'est seulement alors que Viddy réalisa pleinement ce qui venait de se passer. Le choc éprouvé en constatant la disparition de leur arbre n'avait pas vraiment pénétré son esprit quand la police et les médias avaient envahi la scène. Apparaître à la télévision avec Lem l'avait grisée et, ensuite, elle avait été distraite par sa rencontre avec ces gens charmants, les Meehan et les Reilly – d'autant plus que Nora Reilly était son auteur de romans policiers favori.

Mais, à présent, elle ne pensait plus qu'à son arbre que Lem et elle avaient planté le jour de leur mariage, au moment précis où Maria von Trapp était passée sur le sentier et s'était arrêtée pour les féliciter, les autorisant à la prendre en photo. Et j'ai eu le culot de lui demander de chanter pour nous cet air nuptial autrichien. Elle l'a fait avec beaucoup de gentillesse et la chanson était ravissante. Je me suis juré que nous ne planterions jamais rien dans la clairière afin que nos enfants puissent jouer plus tard autour de notre arbre nuptial.

Nous n'avons jamais pu avoir d'enfants et, sans doute est-ce stupide, mais nous avons traité cet épicéa comme un bébé. Nous mesurions sa hauteur tous les ans. Depuis dix ans, cependant, quelqu'un le faisait à notre place, car j'interdisais à Lem de grimper aussi haut sur l'échelle.

Lorsque ces gens étaient venus chez eux à l'improviste, Viddy s'était empressée de sortir son plus joli service de porcelaine, tout en redoutant que l'un des invités ne casse une tasse ou une soucoupe. Elle ne l'utilisait jamais, sauf à Noël et à Thanksgiving. La femme du neveu de Lem, Sandy, n'était certes pas méchante, mais elle empilait tout à la va-vite quand elle desservait la table. Malgré tout, Viddy était parvenue à conserver son service intact tout au long des années. Un peu ébréché par endroits, mais rien de bien méchant.

Connaissant l'attachement de Viddy à toutes ces choses, Lem déposa soigneusement les tasses dont il était chargé sur la paillasse de l'évier. Viddy les prit pour les laver mais, soudain, les larmes lui montèrent aux yeux. Dans un geste instinctif pour les essuyer, elle lâcha la tasse qu'elle tenait et qui serait tombée si la grosse main de Lem ne l'avait rattrapée au vol.

« Pas de panique, Viddy, je l'ai ! »

Stupéfait, il vit alors Viddy se précipiter dans leur chambre et en redescendre tenant à la main leur album de photos. « Je me fiche de mon service de porcelaine, s'écria-t-elle. Je sais parfaitement qu'à la minute où je fermerai les yeux pour de bon, Sandy en héritera et s'en servira pour les goûters d'enfants. »

Les mains tremblantes, elle ouvrit l'album et désigna la dernière photo qu'ils avaient prise de l'arbre. « Oh, Lem, j'aurais tellement voulu pouvoir observer l'expression de tous ces gens le jour où ils l'auraient vu à New York, tout illuminé. Je voulais qu'il soit une œuvre d'art que tout le monde admire en poussant des oh ! et des ah ! Je voulais avoir une grande photo que j'aurais placée entre ces deux-là. »

Elle désigna les deux agrandissements exposés sur la cheminée. « Je voulais avoir un enregistrement du chœur des écoliers à l'arrivée de notre arbre au Rockefeller Center. Lem, nous sommes vieux à présent. Tous les ans, à l'arrivée du printemps, je me demande si je verrai le suivant. Je sais que nous ne quitterons pas ce monde couverts de gloire. Mais notre arbre nous aurait apporté la célébrité d'une certaine manière.

– Allons, allons, Viddy », dit maladroitement Lem, tentant de la calmer.

Viddy ne lui prêta pas attention, tira un Kleenex de son tablier, se moucha et continua : « Au Rockefeller Center, ils conservent l'histoire de chaque arbre, sa hauteur et son envergure, son âge, l'identité des donateurs et ce qu'ils peuvent avoir de particulier. Il y a quelques années, un couvent a fait don d'un arbre et ils ont une photo de la religieuse qui l'a planté, et une autre de la même religieuse, cinquante ans plus tard, quand on l'a abattu. C'est de l'Histoire, Lem. Notre histoire avec l'arbre allait être consignée pour que tout le monde puisse la lire. Et, à présent, il a probablement été jeté quelque part dans les bois où il pourrira, et ça JE NE LE SUPPORTE PAS ! »

Avec un gémissement, Viddy jeta l'album, s'écroula sur le canapé, et plongea la tête dans ses mains.

Lem la regarda, stupéfait. En cinquante ans, il n'avait jamais entendu Viddy, toujours si calme et réservée, en dire autant ni manifester ainsi son émotion. Je ne l'ai jamais réellement comprise au fond, pensa-t-il. Je ne peux pas dire que j'en sois fier.

Il se pencha et lui prit le visage entre les mains.

« Laisse-moi tranquille, Lem. Laisse-moi tranquille.

– D'accord, Viddy, mais avant, je vais te dire quelque chose. Tu m'écoutes ? »

Elle hocha la tête.

Il la regarda dans les yeux. « Arrête de pleurer. Je vais te faire une promesse. »

Elle renifla et l'écouta.

« Bon. À mon avis, c'est ce salaud de Covel qui a coupé notre arbre. Mais tu as entendu les gens du Rockefeller Center dire que celui ou ceux qui ont fait le coup ont utilisé la grue pour le déposer sur le plateau. Ce qui signifie qu'il est encore en bon état. Ce fumier a peut-être réussi à emporter notre arbre, mais il ne peut pas être parti bien loin avec. Il était encore en chemise de nuit ce matin quand on a frappé à sa porte. Il a peut-être planqué l'arbre dans la forêt, mais il n'a pas pu cacher un camion à plateau. Notre arbre se trouve quelque part dans les environs et j'ai l'intention de le retrouver. Quitte à passer au peigne fin chaque centimètre de ce territoire. J'entrerai dans toutes les propriétés qui ont un grand terrain à l'arrière, j'irai inspecter toutes les granges assez grandes pour abriter un camion à plateau, et je RETROUVERAI NOTRE ARBRE ! »

Lem se redressa. « Aussi vrai que je m'appelle Lemuel Abner Pickens, je ne reviendrai pas sans notre arbre. Tu me crois, Viddy ? »

Le visage de Viddy se renfrogna. Elle ne paraissait pas convaincue.

« Je le voudrais bien. Mais ne te fais pas arrêter en pénétrant sans autorisation dans les propriétés des autres. »

Lem avait déjà franchi la porte.

« Surtout, ne te fais pas tirer dessus », lança-t-elle encore.

Lem ne l'entendit pas. Tel don Quichotte, il était chargé d'une mission.

31

« VISE-MOI toutes ces bagnoles, maugréa Jo-Jo. Peut-être qu'ils sont en train de distribuer les diamants.

– Tu as toujours le mot pour rire, lui lança Packy. Ils sont simplement en contemplation comme des crétins devant la souche que nous avons laissée. »

Il y avait deux files ininterrompues de voitures dans les deux sens sur la route qui menait à la propriété de Lem Pickens. Les gens s'arrêtaient, se garaient sur le talus, et pénétraient à pied dans la forêt. On aurait dit le premier jour de la saison de football.

« Je suis surpris qu'ils ne s'emboutissent pas les uns les autres, grommela Packy. Qu'y a-t-il de si intéressant à propos de cet arbre ? S'ils connaissaient la véritable histoire...

– S'ils la connaissaient, on ne pourrait plus circuler du tout », dit Jo-Jo.

La route s'incurvait peu à peu. À l'approche de l'embranchement avec le chemin de terre, les voitures étaient garées les unes derrière les autres.

« Ça peut nous faciliter les choses », murmura Packy en passant devant l'endroit où ils s'étaient arrêtés la veille.

La route continuait à décrire une courbe pendant les trois cents mètres suivants, pour aboutir à une barrière métallique qui marquait la limite entre les propriétés de Lem Pickens et de Wayne Covel. Un camion de télévision était arrêté dans l'allée qui menait à la maison délabrée qu'ils avaient vue à la télévision, quand Lem Pickens avait violemment cogné à la porte de Wayne Covel et proféré ses accusations. Un groupe de journalistes était rassemblé autour d'un arbre majestueux devant la maison.

« Sans doute le numéro deux du concours de beauté, fit Packy. Je l'abattrais si j'avais le temps.

– Dommage qu'il n'ait pas gagné, dit Jo-Jo. Covel ne se serait pas occupé de notre arbre. Regarde, le voilà. »

La porte d'entrée venait de s'ouvrir et Wayne

Covel apparaissait sur le seuil, arborant un large sourire à l'intention des caméras braquées sur lui.

« Parfait, dit rapidement Packy. Ils sont tous rassemblés devant la maison. Passons par-derrière. »

Il continua à longer la route. D'autres voitures étaient stationnées sur le bas-côté. Il choisit un espace libre entre deux d'entre elles et y gara la guimbarde de Milo qui passerait plus inaperçue que si elle avait été isolée.

Rabattant son bonnet de ski sur son front, Packy ouvrit la portière et descendit de voiture. Puis il se pencha à nouveau à l'intérieur et prit le sac en papier qui contenait la machette de Wayne Covel. Remercions le ciel qu'elle soit gravée, pensa-t-il, sinon nous serions dans le brouillard, en train de chercher le salaud qui s'est tiré avec notre flasque. Mais quelle idée de faire graver une machette ! Quel crétin !

Avec un regard inquiet en direction du coffre, Jo-Jo sortit à son tour de la voiture et s'élança dans les bois à la suite de Packy. Ils atteignirent l'arrière de la ferme de Wayne. Jetant un coup d'œil depuis le couvert des arbres, ils aperçurent une petite grange. La porte était ouverte et un pick-up garé à l'intérieur.

« Qu'est-ce qu'on fait maintenant, Packy ? souffla Jo-Jo. Tu crois qu'on peut atteindre la cave par-là ? » Il montrait les panneaux en métal rouillé qui permettaient visiblement d'accéder au sous-sol à partir de l'extérieur de la maison.

« En premier, je veux saboter sa bagnole au cas où il voudrait décamper avant que nous ayons récupéré les diamants. Je vais arracher quelques fils dans le moteur de ce pick-up.

– Bonne idée, dit Jo-Jo, admiratif. C'est ce que font les nonnes dans *La Mélodie du bonheur*. Tu te souviens quand elles disent à la mère supérieure qu'elles ont péché ?

– La ferme, Jo-Jo. Attends ici. Je te ferai signe quand j'aurai fini et nous foncerons jusqu'à l'entrée de la cave. »

Packy franchit en courant les quelques mètres de terrain découvert qui le séparaient de la grange, priant feu sa mère que personne ne le voie. En deux minutes, il avait soulevé le capot, coupé deux ou trois fils avec la machette de Covel et refermé le capot, satisfait à la pensée que c'était lui, désormais, qui utilisait la machette. Une pensée qui lui rappela aussi que ce même outil avait servi à détacher la flasque de la branche à laquelle elle était attachée depuis plus de treize ans. Il attendit sur le seuil de la grange d'être sûr que la voie fût dégagée. Puis il piqua un sprint jusqu'aux portes métalliques de la cave. Le vieux cadenas sauta au premier coup de machette. Retenant son souffle, Packy se pencha et souleva l'un des panneaux. Le grincement des charnières rouillées le glaça. Il le tint suffisamment ouvert pour pouvoir se glisser jusqu'aux premières marches de l'escalier. Puis il fit signe à Jo-Jo de le rejoindre en vitesse.

Il regarda anxieusement Jo-Jo s'élancer lourdement à travers la cour et l'aida à s'introduire dans l'ouverture. Jo-Jo commença à descendre, puis s'arrêta soudain. « Tu crois pas que je devrais ramasser le cadenas ? murmura-t-il. Si quelqu'un passe derrière la maison et le voit, il pourrait se poser des questions.

– Ramasse-le et rentre ! »

Packy abaissa le panneau au-dessus de la tête de Jo-Jo, et ils restèrent un moment sans rien y voir.

« Ça pue là-dedans, dit Jo-Jo.

– Pas plus que dans le gymnase qu'apparemment tu n'as pas fréquenté depuis un bout de temps.

– Je préfère la plage. »

Comme leurs yeux s'accoutumaient à l'obscurité, ils constatèrent que la seule source de lumière provenait d'un soupirail couvert d'une épaisse couche de poussière. Packy alluma sa torche et regarda autour de lui, cherchant avec précaution son chemin sur le sol de ciment. La machine à laver ronronnait bruyamment.

« Qui peut faire une lessive à une heure pareille ? demanda Jo-Jo. Peut-être lave-t-il les vêtements qu'il portait quand il a abattu l'arbre ? Destruction de preuves, tu sais, Packy. C'est ce qu'ils font au cinéma.

– J'ignorais que tu étais cinéphile. »

À côté de la machine à laver une cloison grossière percée d'une porte formait une sorte d'atelier. Packy l'ouvrit et regarda à l'intérieur. « Nous allons nous cacher ici jusqu'à ce que nous soyons sûrs que Covel est seul. » L'atelier était équipé d'un établi sur lequel étaient dispersés quelques outils.

La porte en haut de l'escalier intérieur s'ouvrit et une ampoule suspendue à un fil au-dessus des marches s'alluma. Packy et Jo-Jo disparurent dans l'atelier au moment où un paquet de vêtements sales roulait dans l'escalier. La lumière s'éteignit et la porte claqua.

Jo-Jo jeta un coup d'œil sur le linge éparpillé dans la cave. « Ce mec est un vrai cochon. Et il n'avait pas besoin de nous ficher une telle frousse. »

Le cœur de Packy tambourinait dans sa poitrine. « Ça ne va pas être facile. D'abord, il faut s'assurer qu'il est seul. »

Ils sortirent du réduit et Packy braqua sa torche sur la pile de linge sale qui venait d'atterrir sur le sol. Le tambour de la machine à laver s'emballa comme une tornade.

« Cet engin semble prêt à décoller », fit remarquer Jo-Jo, stupéfait.

La porte s'ouvrit à nouveau, les faisant sursauter. Dans sa hâte pour se réfugier à l'intérieur de l'atelier, Jo-Jo se prit les pieds dans l'une des chemises de flanelle en lambeaux de Wayne. Pour éviter de heurter trop brutalement le sol, il projeta ses deux mains en avant et s'écorcha la droite sur ce qu'il prit pour une pierre coupante. Étouffant un cri, il la prit et l'examina. La pierre brillait. La serrant fortement au creux de sa paume, il regagna à quatre pattes l'atelier.

Un autre paquet de linge dégringola l'escalier et la porte se referma à nouveau.

« Je me suis écorché, se plaignit Jo-Jo, essayant de reprendre son souffle. Mais je crois que ça valait le coup. » Il ouvrit la main et la tendit vers Packy. « Regarde. » Packy se pencha et dirigea le faisceau de la torche vers la paume rebondie de Jo-Jo.

Il prit entre ses doigts le diamant sur lequel il n'avait pas posé les yeux depuis plus de treize ans et l'embrassa. « Enfin, murmura-t-il.

– Tu es sûr que c'est un des tiens ? interrogea Jo-Jo. Je veux dire, un des *nôtres* ?

– Sûr et certain. C'est un des diamants jaunes. Tu ne t'en rends peut-être pas compte, mais tu as sous les yeux deux millions de dollars. Qu'est-ce que ce fêlé a fait du reste ?

– Il faudrait peut-être fouiller dans le linge sale, suggéra Jo-Jo. Ça me dégoûte, mais je pense que c'est nécessaire.

– Bonne idée. Tu n'as qu'à commencer », lui ordonna Packy. Il ramassa la machette. « Je vais monter discrètement en haut de l'escalier et écouter si j'entends du bruit. S'il est seul, il va passer un mauvais quart d'heure. »

32

MUNIS de plusieurs exemplaires de la photo d'Opal brandissant d'un air radieux le chèque de la loterie, Regan et Jack regagnèrent le chalet de Willy et d'Alvirah. Sous la photo, ils avaient imprimé une notice indiquant qu'elle avait disparu et priant quiconque l'avait vue ou détenait des informations à son sujet de contacter Alvirah ou la police locale.

« Nous en avons affiché un certain nombre à la Lodge, dit Regan. Jack et moi avons repéré les pistes où son groupe a skié hier. Nous allons les parcourir à pied, coller sa photo sur des arbres le long du trajet, et sonner aux portes des quelques habitations situées alentour.

– Et nous chercherons un vieux minibus blanc muni d'un porte-skis, ajouta Jack. J'ai appelé mon bureau et leur ai demandé de me communiquer tout ce qu'ils ont sur Packy Noonan, et tout ce qu'ils apprendront de nouveau sur l'affaire. C'est eux qui m'ont dit que le minibus était blanc. Quand ils ont su que j'étais sur place lorsque l'arbre destiné au Rockefeller Center a été volé, ils ont été stupéfaits. »

Ils étaient assis dans la salle de séjour du chalet qui avait perdu un peu de son atmosphère chaleureuse. Plus les minutes passaient, plus Alvirah était convaincue qu'Opal courait un danger. « Qui sait où elle se trouve, dit-elle d'une voix crispée. Quelqu'un a pu la forcer à monter dans une voiture. Elle est partie si tôt ce matin qu'il ne devait pas y avoir grand monde dehors. Je vais aller en ville avec Willy, nous afficherons aussi quelques photos et les montrerons aux gens du coin. Le temps presse. Je sais que je me répète, mais j'ai le sentiment que chaque minute compte.

– Retrouvons-nous dans une heure pour faire le point, dit Regan. Jack et moi avons notre téléphone mobile et vous aussi. »

Ils quittèrent ensemble le chalet. Willy et Alvirah montèrent dans leur voiture. Jack et Regan se dirigèrent à pied vers la piste où Opal avait skié le dimanche avec son cours et s'enfoncèrent dans les bois. Aujourd'hui la piste était déserte. Tandis qu'ils la longeaient, Regan demanda : « Jack, crois-tu possible qu'Opal soit tombée sur Packy Noonan ?

– Elle est partie vérifier on ne sait quoi ce matin et n'a pas réapparu depuis. Si elle a remarqué quelque chose de suspect et que Packy Noonan se trouve dans les parages... » Il leva les mains. « Qui sait ? »

La neige crissait sous leurs pas. Ils marchaient côte à côte, presque épaule contre épaule, inspectant les bois de part et d'autre du chemin.

« Il a peut-être un ami dans le coin chez lequel il s'est réfugié, poursuivit Regan. Mais pour quel motif ? Il a payé sa dette à la société pour son escroquerie. Comme tu le faisais remarquer hier soir, il risque gros pour avoir enfreint ses engagements. Tu sais, Jack, c'est bizarre que Packy Noonan ait travaillé pour Lem Pickens et que l'arbre de Lem ait été abattu moins de vingt-quatre heures après qu'il s'était enfui dans une voiture immatriculée dans le Vermont. Je ne vois pas pourquoi il se serait donné la peine de couper un arbre, mais la coïncidence est frappante, tu ne trouves pas ? »

Jack acquiesça. Plongés dans leurs pensées, ils continuèrent d'avancer le long de la piste, s'arrêtant tous les trois cents mètres pour placarder une photo d'Opal sur un arbre. Ils frappèrent aux portes des rares fermes situées sur le chemin. Personne ne reconnut Opal, personne n'avait rien remarqué de spécial. Ceux qui étaient chez eux avaient allumé la télévision et regardaient les informations qui relataient la disparition de l'arbre de Lem Pickens.

« Ces deux-là ne se sont jamais entendus, fit observer une femme. Mais, si vous voulez mon avis, Wayne Covel n'aurait certainement pas eu l'énergie nécessaire pour abattre cet arbre, encore moins pour le transporter on ne sait où. Ça ne tient pas debout ! Je l'ai engagé un jour pour faire de petits travaux chez nous, et il a mis une éternité pour en venir à bout. » Elle les invita à prendre un café mais Regan et Jack déclinèrent son offre.

Comme ils regagnaient la piste, Regan dit : « Nous sommes partis depuis près d'une heure. Je vais appeler Alvirah. » Au ton découragé d'Alvirah quand elle décrocha, Regan comprit immédiatement qu'elle et Willy n'avaient trouvé personne qui puisse leur fournir la moindre indication.

Regan venait de refermer son téléphone quand celui de Jack se mit à sonner. Regan vit son expression changer tandis qu'il écoutait. Il coupa la communication et se tourna vers elle. « Ils ont identifié le camion à plateau abandonné. Il est immatriculé au nom d'un homme qui n'a jamais entendu parler de cet arbre. Mais il se trouve que ses deux cousins, Benny et Jo-Jo Como, ont pris part à l'escroquerie de Packy Noonan. Et voilà où ça devient intéressant : on a relevé les empreintes de Benny sur le volant.

– Oh, mon Dieu ! fit doucement Regan. Opal est peut-être tombée sur lui.

– Tout le monde croyait que ces zigotos avaient quitté le pays. Eh bien, non.

– C'est peut-être Benny qui attendait Packy dans le minibus », dit Regan, réfléchissant tout haut. « Mais pourquoi un camion à plateau ? Packy pourrait-il être impliqué dans le vol de l'arbre ? Pourquoi ?

– Il a rendu visite aux Pickens moins d'un an

avant d'être arrêté. Peut-être cherchait-il un endroit où cacher son butin. Tu le sais comme moi, beaucoup d'escrocs ne font confiance ni aux banques ni aux coffres-forts, ni même aux paradis fiscaux comme les îles Caïmans.

– Il a filé avec plusieurs millions de dollars, dit Regan. Tout ne peut pas être en liquide. C'est impossible. Ce serait trop difficile à dissimuler.

– Les voleurs convertissent souvent leur argent en objets de valeur, comme des bijoux ou des pierres précieuses, déclara Jack. C'est plus difficile à repérer.

- Mais s'il a caché des bijoux dans l'arbre de Lem Pickens, pourquoi s'être donné le mal de le couper pour les récupérer ? demanda Regan. Ça n'a aucun sens. En tout cas, nous ferions mieux de tenir Alvirah au courant. Je suis certaine que la nouvelle va être diffusée aux informations dans quelques minutes. Son rédacteur l'a peut-être déjà appelée... » Regan composa à nouveau le numéro d'Alvirah.

Alvirah venait juste d'être mise au courant de la bouche même de Charley. « Regan, nous retournons à la Lodge, dit-elle. J'ai l'impression que nous perdons notre temps en ville. J'aimerais m'entretenir à nouveau avec la réceptionniste et savoir qui faisait partie du cours de ski d'Opal. J'espère qu'ils ne sont pas tous partis à l'heure qu'il est. Je voudrais aussi contacter la monitrice qui est en congé aujourd'hui.

– Nous vous retrouverons là-bas. Nous sommes presque au bout de la piste. »

Une fausse piste, songea Regan en refermant son téléphone.

33

LEM monta d'un bond dans son pick-up et démarra pleins gaz dans l'allée. Sa seule consolation était qu'une forte récompense était offerte pour son arbre, ce qui multiplierait le nombre de gens décidés à le chercher. Il lui importait peu que quelqu'un d'autre le trouve avant lui et empoche les dix mille dollars promis par le Rockefeller Center. Ce qu'il désirait surtout, c'était le voir dans toute sa splendeur partir pour la gloire à New York. Il imaginait le ravissement de Viddy le jour de la cérémonie, lorsqu'on actionnerait l'interrupteur et que des milliers de lumières illumineraient ses branches.

Lem tourna au bout de l'allée et accéléra. Il avait l'intention de passer devant la maison de Wayne Covel pour voir s'il y avait du nouveau.

De là, il ferait le tour de toutes les granges, inspecterait certaines voies sans issue aux abords de Stowe, où les amateurs de ski avaient fait construire leurs chalets. Beaucoup n'arrivaient qu'après Thanksgiving. Covel avait pu conduire le semi-remorque du Rockefeller Center au bout d'une de ces routes et l'y abandonner. À moins de patrouiller dans tout le coin, personne ne le découvrirait avant plusieurs jours.

Il alluma la radio. Sur la chaîne locale, les commentaires concernant la disparition de l'arbre allaient bon train.

« Si j'étais Wayne Covel et n'avais rien à voir avec cette histoire, je poursuivrais Lem Pickens en justice pour obtenir réparation. Je lui demanderais une indemnité proportionnelle au montant exact de ses biens : ses bois, les poules de son poulailler, et jusqu'à ses dents en or, disait le présentateur. Dans ce pays, on ne diffame pas impunément les gens. Nous avons fait appel à notre expert juridique... »

Furieux, Lem éteignit la radio. « Bande d'imbéciles, vous n'entendez rien à la justice, dit-il, crachant littéralement ses mots. Un homme doit parfois prendre les choses en main. Viddy ne peut pas vivre sans son arbre. Je ne vais certainement pas attendre que les flics le retrouvent. Pour jeter un simple coup d'œil dans une grange, il leur faut un de ces stupides mandats de perquisition. »

Il ralentit en passant devant la ferme de Wayne Covel. La vue du grand épicéa devant sa maison le fit bouillir. Si celui-là se retrouve au Rockefeller Center, Viddy ne s'en remettra pas, songea-t-il. Les journalistes campaient dans l'allée de Covel. Il nota que plusieurs personnes de sa connaissance se tenaient autour de l'arbre, admiratives. Il savait que nombre de ces gens n'aimaient pas Wayne, qu'ils voulaient seulement voir leur bobine à la télévision. Quelle honte !

Après un virage, il aperçut la voiture du poète. Impossible de ne pas la remarquer avec son pare-chocs retenu par une corde. Il aurait volontiers dégonflé ses pneus. Comment cet abruti osait-il enquiquiner Viddy avec ses poèmes de malheur ? Il avait même eu le culot de lui offrir un exemplaire de l'ode qu'il avait écrite sur une mouche du fruit. Viddy disait qu'il aimait en faire profiter la terre entière.

Lem poursuivit sa route. Après réflexion, il

décida de commencer par les faubourgs de la ville. Même Covel ne serait pas assez stupide pour abandonner l'arbre à proximité de sa maison.

Pendant l'heure et demie qui suivit, il pénétra en douce dans toutes les propriétés des alentours de Stowe. Il s'introduisit dans les granges, ouvrit les portes qui n'étaient pas fermées à clé, inspecta par la fenêtre les bâtiments assez grands pour contenir un camion à plateau. Il finit par être chassé par le caquètement des poules, le hennissement des chevaux, et un chien qui le poursuivit en aboyant pendant qu'il battait en retraite.

Toute cette activité lui avait creusé l'appétit, mais il s'interdit de rentrer chez lui. Il ne voulait pas reparaître devant Viddy avant d'avoir récupéré leur arbre. Il remonta dans son pick-up et tourna le bouton de la radio. C'est alors qu'il entendit qu'on avait retrouvé le camion à plateau et les empreintes digitales de Benny sur le volant.

« C'est un coup de Packy Noonan ! s'écria-t-il. Je savais bien au fond de moi qu'il avait de mauvaises intentions quand il s'est arrêté chez nous il y a treize ans. Mais je voulais croire qu'il s'était acheté une conduite. Tu parles ! Et Viddy l'a toujours soupçonné d'avoir volé son camée. J'espère seulement que Packy a fait le coup avec Wayne Covel. Parce que si Wayne est innocent, je risque de sérieux ennuis. Non seulement Viddy aura perdu son arbre, mais elle n'aura plus de toit. » Il préféra ne pas y penser.

Il renonça à son intention de déjeuner rapidement dans un restoroute. Il devait coûte que coûte retrouver au plus vite son épicéa.

Chaque chose en son temps.

34

ACCROUPI sur la première marche de l'escalier de la cave, Packy s'attendait à tout moment à ce que Wayne Covel envoie un nouveau ballot de linge valdinguer. Auquel cas je le prendrai en pleine poire, pensa-t-il. Mais ils ne pouvaient se permettre d'attendre plus longtemps.

Il avait mal au dos et aux genoux. Il se tenait dans cette position depuis quarante minutes.

Il y avait d'abord eu Dennis Dolan, un journaliste d'une petite ville du Vermont. Il avait sonné à la porte et Wayne l'avait invité à prendre un café, ou une bière. Dolan avait expliqué qu'il voulait faire un sujet de société sur Wayne dans le cas où son arbre serait finalement choisi par le Rockefeller Center.

Packy dut supporter l'histoire de la vie de Wayne, y compris le fait que sa petite amie, Lorna, lui avait envoyé un e-mail le matin même.

Lorsque Dolan eut posé une dernière question inepte et fut parti, Wayne regagna la cuisine et augmenta le volume de la télévision. Machette à la main, Jo-Jo derrière lui armé de ruban adhésif et d'une corde, Packy s'apprêtait à ouvrir brusquement la porte et à se jeter sur Covel quand quelqu'un frappa vivement à la porte d'entrée, réduisant à néant son plan. Covel quitta la cuisine pour aller ouvrir et accueillit cordialement son visiteur. C'était un copain de bar, Jake, qui passait lui offrir son soutien moral face aux accusations de Lem Pickens. Entrebâillant la porte de la cave, Packy entendit sans difficulté la conversation.

« Écoute, mon vieux, j'ai dit à ces journalistes que Lem avait perdu les pédales. Et ça, uniquement parce qu'il a jamais pu te blairer. Trop heureux de pouvoir t'accuser, hein ? À mon avis, si son arbre ne réapparaît pas, ils vont te prier à genoux de leur accorder le tien. Un conseil en passant. S'ils veulent te filmer à côté de lui quand ils viendront l'abattre, tu ferais bien d'aller chez le coiffeur te faire couper les tifs. C'est ce que je m'apprête à faire. Pourquoi tu viendrais pas avec moi ? »

En entendant cette suggestion, Packy dut se retenir pour ne pas crier. Mais Wayne refusa l'offre.

« Peut-être que tu peux laisser tomber la coupe de cheveux, continua Jake, mais si j'étais toi je taillerais ma moustache et je me raserais, bien que toutes ces égratignures sur ton visage ne fassent pas net. Bon, je te laisse, tchao. »

Des égratignures... Packy serra plus fort sa machette. Tu te les es faites en volant ma flasque, pensa-t-il.

Wayne ouvrit la porte et remercia son copain de sa visite. Puis, à la consternation de Packy, une autre voix se fit entendre :

« Monsieur Covel, permettez-moi de me présenter. Je suis Trooper Keddle, avocat. Puis-je entrer ? »

Oh non ! se désola Packy. Non !

Il sentit qu'on le tirait par le bas de son pantalon. Jo-Jo murmura : « On peut pas rester ici à faire tapisserie en espérant que quelqu'un nous invite à danser, Packy. On n'y voit pas grand-chose par la fenêtre, mais je peux te dire que le ciel se couvre.

– J'ai pas besoin d'un bulletin météo, lui rétorqua Packy. Tais-toi. »

L'avocat suivait Wayne dans la cuisine. « Asseyez-vous, lui disait Covel. Sortez votre carnet et notez ceci. Si vous croyez m'effrayer en venant de la part de Lem Pickens, vous vous fourrez le doigt dans l'œil et lui aussi. Je n'ai pas pris son arbre et il n'a pas à m'attaquer en justice. Compris, bonhomme ? »

Keddle essaya de le calmer :

« Non, non, non, monsieur Covel. Il est question que *vous* le poursuiviez. Il a proféré des accusations diffamatoires. Il n'a pas utilisé le mot *présumé*. D'un point de vue juridique, vous pouvez accuser quelqu'un d'à peu près n'importe quel crime à condition que vous *présumiez* qu'il en soit l'auteur. En des termes on ne peut plus clairs, sur une chaîne de télévision nationale de surcroît, M. Pickens vous a accusé d'avoir commis un délit. Mon cher monsieur Covel, l'ambition de notre cabinet est de vous voir pleinement indemnisé pour cette insulte à votre honnêteté. Vous le *méritez*, monsieur Covel. Votre famille le mérite.

– Suis pas marié et j'aime pas mes cousins, répondit Wayne. Mais, d'après vous, ce que j'ai entendu à la radio serait exact ? Je pourrais donc le poursuivre pour m'avoir traîné dans la boue ? »

Il éclata d'un rire sonore.

« Vous pouvez l'attaquer pour avoir nui à votre réputation, pour vous avoir affecté psychologiquement, occasionnant un choc et une souffrance qui risquent de perturber votre travail, pour vous avoir esquinté le dos en vous tirant brutalement du lit lorsqu'il a frappé à coups redoublés à votre porte, pour...

– Je comprends ce que vous voulez dire, dit Wayne. Vous m'intéressez.

– Et pas un centime à débourser. Mon cabinet s'intéresse avant tout à la justice. "Justice pour les victimes", c'est la devise inscrite sur les bureaux de tous nos associés.

– Combien de personnes compte votre cabinet ?

– Deux. Ma mère et moi. »

Derrière la porte, Packy réfléchissait :

Je n'ai jamais porté d'arme sur moi, je n'en ai

jamais eu besoin, je suis un escroc en col blanc, mais je donnerais cher pour en avoir une maintenant. Heureusement Jo-Jo est un malabar. Il peut maîtriser Covel. De mon côté, je n'ai qu'à brandir cette machette pour lui faire peur et nous récupérerons nos diamants en moins de deux. Covel ne prendra pas le risque de me résister. Mais comment maîtriser en même temps ce racoleur qui prétend défendre la veuve et l'orphelin ? D'après le peu que je vois, il est plutôt costaud et il y a peut-être des gens à l'extérieur. Un seul cri et nous sommes cuits.

Jo-Jo le tirait à nouveau par son pantalon. « Tu dis que le diamant que nous avons trouvé vaut deux millions ? murmura-t-il. On pourrait peut-être s'en contenter. »

Packy secoua la tête si violemment qu'il heurta la porte.

« C'est la porte de la cave qui craque », expliqua Wayne à Trooper Keddle en fourrant sa carte professionnelle dans sa poche. « Je la ferai réparer avec l'argent de Lem. » Cette pensée déclencha chez lui un autre éclat de rire que Keddle fit de son mieux pour imiter.

Puis, non sans s'être vanté une dernière fois

d'être capable d'obtenir réparation des torts causés à Wayne, il s'en alla enfin.

C'est le moment, décida Packy. Il fit un signe à Jo-Jo. Une seconde plus tard, comme Wayne se dirigeait vers la table, la porte de la cave s'ouvrit brusquement et, avant qu'il ait eu le temps de dire ouf, il était par terre. Packy colla le ruban adhésif sur sa bouche et Jo-Jo lui ramena les bras puis les jambes en arrière et les attacha.

« Va baisser les stores dans les pièces de devant, Jo-Jo, ordonna Packy. Ferme à clé la porte d'entrée. S'il y a encore des gens dehors, ils croiront que notre ami ne veut plus voir personne. » Il posa la machette sur le sol, à quelques centimètres du visage de Covel. « Tu la reconnais ? Je suis sûr que oui. Peut-être qu'elle va t'aider à te rappeler ce que tu as fait de mes diamants. »

Il frappa doucement la tête de Wayne. « Et n'essaye pas de faire du raffut, sinon tu iras bouffer les pissenlits par la racine. Compris ? »

Wayne hocha vigoureusement la tête.

Packy se leva et alla à la fenêtre de la cuisine. Il tira sur le store qui se retrouva drapé autour de son bras. Il avait été fixé n'importe comment sur l'enrouleur avec de la ficelle. Avec un regard méprisant à l'adresse de Wayne, il saisit le ruban adhésif, monta sur une chaise et entreprit de le réparer.

Jo-Jo eut plus de chance avec les stores de la chambre et du séjour, mais au moment où il se dirigeait vers la porte d'entrée pour mettre le verrou, la poignée tourna et il entendit un : « Waynnnne... Chériiii... » Et Lorna entra dans la pièce en criant : « Surprise, surprise ! »

35

OPAL retrouvait les sensations qu'elle avait eues pendant son opération de l'appendicite. Elle se souvenait d'avoir entendu quelqu'un dire : « Elle revient à elle, augmente la dose. » Un autre avait protesté : « Elle en a eu assez pour assommer un éléphant. »

Elle avait la même impression en ce moment, comme si elle était dans le brouillard ou sous l'eau, cherchant à remonter à la surface. Lors de son opération, elle leur avait dit : « Je suis une dure à cuire. Vous n'allez pas m'avoir facilement. »

C'était ce qu'elle pensait *maintenant*. Lorsque son dentiste lui avait arraché une dent de sagesse, il avait dû lui inoculer une dose massive d'anesthésiant. Elle avait dit au Dr Ajong qu'elle était aussi difficile à soûler qu'un juge de paix.

D'où me vient cette résistance ? se demanda-t-elle, vaguement consciente qu'elle ne pouvait pas remuer les bras. Je pense qu'on nous attache pour l'opération. Elle sombra à nouveau dans le sommeil.

Ce ne fut qu'un peu plus tard qu'elle revint vaguement à elle. Qu'est-ce qu'il m'arrive ? On dirait que j'ai bu cinq vodkas. Pourquoi suis-je dans cet état ? Elle s'imagina qu'elle était au mariage de son cousin Ruby. Le vin qu'ils avaient servi était si mauvais qu'il lui avait suffi de deux verres pour avoir la gueule de bois.

Mon cousin s'appelle Ruby... Mon nom est Opal... La fille de Ruby se nomme Jade... Des noms de pierres précieuses, songea-t-elle à moitié endormie. Je n'ai pas l'impression d'être une opale. Quand j'ai déclaré à papa qu'Opal était un nom stupide, il m'a répondu : « Parles-en à ta mère. C'était son idée. » Maman a dit que mon grand-père nous appelait ses bijoux, et qu'il avait suggéré de nous donner ces noms. *Des noms de pierres précieuses.*

Opal se rendormit.

Quand elle rouvrit enfin les yeux, elle tenta de remuer les bras et comprit qu'il lui était arrivé quelque chose. Où suis-je ? Pourquoi ne puis-je pas bouger ? Je me souviens ! Packy Noonan ! Il m'a vue regarder la plaque d'immatriculation du minibus. Les deux autres m'ont attachée. J'étais assise à la table de la cuisine. Ils ont acheté des diamants avec l'argent qu'ils m'ont volé. Ils ont aussi volé l'arbre de Noël. Mais ils n'ont pas les diamants, pas encore. L'homme qui est apparu à la télévision, celui qui a des égratignures sur le visage, c'est lui qui les a... Comment s'appelle-t-il déjà ? Wayne... J'étais assise à la table de la cuisine. Qu'est-il arrivé ? Le café avait un drôle de goût. Je ne l'ai pas fini. Elle se rendormit.

Elle rêva qu'elle avait oublié d'éteindre un brûleur de sa cuisinière. Elle sentait l'odeur du gaz. En se réveillant, elle balbutia : « Ce n'est pas un rêve. Ça sent vraiment le gaz. »

36

ALVIRAH ET WILLY regagnèrent la Lodge avant Regan et Jack. « Les pisteurs ont ratissé toutes les pistes, leur annonça la réceptionniste. Ils n'ont trouvé aucune trace de votre amie, mais tout le monde a été alerté. »

La photo d'Opal était en évidence sur le comptoir. « Est-ce que beaucoup de clients ont quitté l'hôtel ? demanda Alvirah.

– Oui, répondit l'employée. Les gens viennent surtout durant le week-end. Nous leur avons montré la photo. Malheureusement personne n'a pu nous donner la moindre information concernant Mlle Fogarty. Quelques-uns se souvenaient de l'avoir vue dans la salle à manger, mais c'est tout. »

Regan et Jack les rejoignirent.

« Regan, dit Alvirah, je suis convaincue que Packy Noonan et Benny Como détiennent Opal. J'ai appelé la police au cas où quelqu'un aurait signalé quelque chose, mais naturellement personne ne s'est manifesté. Ils m'auraient prévenue, de toute façon. »

Willy exprima tout haut ce qu'ils pensaient tous : « Que fait-on maintenant ? »

Alvirah se tourna vers la réceptionniste. « Je sais que vous avez laissé un message à la monitrice qui donnait le cours du samedi après-midi. Pourriez-vous lui téléphoner à nouveau ?

– Bien sûr. Nous avons tenté de la joindre à plusieurs reprises, chez elle et sur son portable, mais je vais encore essayer. Elle est peut-être allée faire une ou deux descentes. À moins qu'elle ne soit pas encore réveillée.

– Pas encore réveillée ! s'exclama Alvirah. Il est midi passé.

– Elle n'a que vingt ans », dit la réceptionniste avec un petit sourire en composant le numéro.

Elle laissa un nouveau message. Alvirah marmonna : « Inutile de s'obstiner, nous n'obtiendrons rien de ce côté-là.

– Et si nous allions interroger les skieurs qui

étaient dans le cours d'Opal samedi ? suggéra Jack. On a sûrement la liste de leurs noms quelque part.

– Je peux facilement les trouver, dit la réceptionniste. Donnez-moi une minute. »

Elle se hâta vers le bureau adjacent à l'accueil.

Ils restèrent à l'attendre en silence. Lorsqu'elle ressortit du bureau, la jeune femme tenait à la main une liste de six noms. « Je sais que certaines de ces personnes ont quitté l'hôtel ce matin. Mais laissez-moi vérifier si les autres sont encore là. »

La porte du hall s'ouvrit alors comme sous l'effet d'une tornade. Un garçon roux d'une dizaine d'années entra en trombe dans le hall. Tout le monde put alors profiter des commentaires adressés à ses parents qui arrivaient derrière lui, visiblement épuisés.

« Je ne peux pas *croire* que quelqu'un a coupé cet arbre ! Je me demande comment ils s'y sont pris. Maman, est-ce qu'on peut donner à développer les photos aujourd'hui pour que je les montre demain à mes copains à l'école ? Ils vont en faire une tête quand ils verront la taille de la souche ! Et je voudrais aller à New York pour voir l'arbre qu'ils auront mis à sa place avec toutes les lumières. Est-ce qu'on pourra y aller pendant les vacances de Noël ? Je veux prendre une photo pour la mettre à côté de celle de la souche. »

La vue de la photo d'Opal affichée à la réception le fit taire. « C'est la dame qui était dans mon cours de ski du samedi après-midi ! » Débordant d'énergie, il sautillait sur place en regardant la photo.

« Tu connais cette dame ? demanda Alvirah. Tu as skié avec elle ?

– Oui. Elle est super. Elle m'a dit qu'elle s'appelait Opal et que c'était la première fois qu'elle faisait du ski. Elle était drôlement bonne. Bien meilleure que la vieille qui croisait tout le temps ses skis. »

Alvirah décida de ne pas relever la remarque sur « la vieille ».

« Bobby, on ne dit pas “la vieille”, le reprit son père. On dit “la dame âgée”.

– Mais pourquoi c'est mal ? C'est comme ça que le chanteur de mon groupe préféré, Screwy Louie, appelle sa femme.

– Quand as-tu skié avec Opal ? demanda vivement Alvirah.

– Samedi après-midi. »

Alvirah se tourna vers les parents. « Étiez-vous aussi dans ce cours ? »

Tous deux eurent l'air embarrassé. « Non, répondit la mère. Je me présente, Janice Granger. Mon mari et moi avions skié avec Bobby toute la matinée. Après le déjeuner, il a eu envie de recommencer. La monitrice le connaît bien et elle nous a promis de faire attention à lui.

– Faire attention à moi ? C'est moi qui ai fait attention à la dame. »

Il désignait la photo.

« Que veux-tu dire ? demanda Alvirah.

– Elle a dû s'arrêter et s'asseoir pour renouer son lacet. Je l'ai attendue. Je lui ai même dit de se dépêcher parce qu'elle restait plantée à regarder une ferme.

– Elle regardait une ferme ?

– Il y avait un type qui fixait des skis sur le toit de son minibus. Elle l'observait. Je lui ai demandé si elle le connaissait. Elle m'a dit non, mais qu'il lui rappelait quelqu'un qu'elle avait connu autrefois.

– De quelle couleur était ce minibus ? » demanda Alvirah.

Il leva les yeux, se mordit la lèvre, regarda autour de lui. « Je suis à peu près sûr qu'il était blanc. »

Regan, Jack, Willy et Alvirah n'avaient plus aucun doute : l'individu en question était soit Packy Noonan soit Benny Como. Désormais, le pire était à craindre.

« Où se trouve cette ferme ? demanda Jack.

– Est-ce que quelqu'un a un plan des pistes ? » demanda Bobby.

La réceptionniste en sortit un du bureau et le déplia sur le comptoir.

« Nous venons ici depuis que Bobby est né, dit le père du garçon. Il connaît la station comme sa poche. »

Bobby étudia le plan, pointa son doigt sur l'une des pistes. « C'est un endroit formidable pour faire du ski, dit-il.

– Et la ferme ? demanda Alvirah. Où se trouve cette ferme ? »

Il désigna un point sur la carte. « C'est là où étaient les débutants qu'on a dépassés. Et c'est là que... que la... dame âgée... Opal s'est arrêtée pour renouer son lacet.

– Et la maison était à cet endroit précis ? l'interrogea à son tour Regan.

– Ouais. Et il y a une grande grange à côté.

– Je vois à peu près où elle se trouve, dit Bill Granger.

– Pouvez-vous nous y emmener ? demanda Jack. Nous n'avons pas une minute à perdre. C'est d'une extrême urgence.

– Naturellement.

– Je viens avec vous, déclara Bobby avec assurance, les yeux brillants d'impatience.

– Non, tu restes ici, lui dit sa mère.

– Ce n'est pas juste ! Et je suis le seul qui sait vraiment à quoi ressemble cette ferme.

– Il a raison, fit Alvirah d'un ton ferme.

– Je ne veux pas que Bobby coure un danger.

– Vous pourriez tous nous y conduire, insista Jack. Je vous en prie, c'est terriblement important. »

Les parents de Bobby échangèrent un regard. « Notre voiture est juste devant l'hôtel, dit Bill Granger.

– Youpi ! » s'écria Bobby en franchissant sans les attendre la porte du hall.

Ils coururent jusqu'au parking. Jack prit le volant de la voiture d'Alvirah et de Willy. Ils suivirent les Granger sur la route qui conduisait de la Lodge jusqu'à la ferme envahie par le gaz où Opal luttait désespérément pour reprendre conscience.

37

LA DÉTERMINATION est une chose. La réussite en est une autre. Lem avait beau se démener, il n'aboutissait à rien. La promesse qu'il avait faite à Viddy de retrouver leur arbre semblait aussi facile à tenir que d'attraper la lune.

Il descendait à présent Main Street. En voyant l'enseigne de son restaurant favori, il eut un moment d'hésitation puis s'arrêta. Il avait l'estomac dans les talons et était incapable d'aligner deux idées. Un homme affamé ne peut pas réfléchir, décida-t-il. Et cette pause était d'autant plus justifiée qu'il n'avait même pas pris de petit-déjeuner. Je ne suis pas rentré à la maison depuis que nous avons invité ces gens de la ville et, bien qu'il soit excellent, le chocolat de Viddy n'est pas suffisant pour nourrir un homme.

Au moment où il descendait du pick-up, la photo d'une femme affichée sur un réverbère attira son regard. Lem s'immobilisa un instant pour l'examiner. La femme brandissait un billet de loterie. À sa vue, il se rappela qu'il aurait pu gagner le gros lot à la loterie du Vermont mais avait oublié d'acheter un billet. Les numéros que Viddy et lui jouaient habituellement étaient sortis cette semaine-là.

Viddy était restée plutôt froide avec lui pendant un certain temps, se souvenait-il. Grâce à Dieu, ce n'était pas un très gros lot. Et il avait dit à Viddy que les impôts leur en auraient pris la moitié, que des vendeurs bidon seraient venus les harceler pour leur proposer des affaires dont ils n'avaient pas besoin, comme des terrains en Floride qui étaient sans doute des marécages remplis d'alligators.

Viddy avait fait la moue. Elle n'avait pas paru convaincue.

Lem plissa les yeux. Si l'on savait quelque chose au sujet de cette dénommée Opal, les numéros qu'il fallait appeler étaient ceux de la police ou d'Alvirah.

Justement Alvirah était venue chez eux aujourd'hui. Curieuse coïncidence. Nous recherchons tous deux quelque chose de très important pour nous.

Lem entra dans le restaurant et s'assit au bar. Le garçon qui servait ce jour-là s'appelait Danny. « Lem, je regrette vraiment pour votre arbre.

– Merci. Il faut que je mange en vitesse. Je dois le retrouver coûte que coûte.

– Que prendrez-vous ?

– Deux œufs sur le plat avec du jambon et du bacon, un jus d'orange et deux toasts. Pas de beurre, j'évite le beurre en ce moment. »

Danny lui servit une tasse de café. Au-dessus de sa tête, sur la droite, la télévision était allumée, mais le son à peine audible.

Lem y jeta un coup d'œil. Un journaliste montrait un semi-remorque. Lem commençait à devenir un peu dur d'oreille. « Est-ce qu'on pourrait augmenter le volume ? » cria-t-il.

Danny saisit la commande à distance et obtempéra.

« ...le camion où ont été relevées les empreintes digitales de Benny Como était une vraie poubelle. Mais nos informateurs nous disent que parmi les sachets de chips, les papiers de chewing-gum et les boîtes de biscuits, les enquêteurs ont fait une découverte étrange, étant donné l'individu qui était au volant... »

Lem se pencha en avant pour mieux entendre.

« ...un exemplaire d'un poème intitulé *Ode à une mouche du fruit* était coincé au-dessus du pare-soleil. Le poète est inconnu. La signature impossible à déchiffrer... »

Lem fit un bond en l'air comme s'il avait touché un fil électrique. « C'est le poème de Milo ! s'écria-t-il. Et il est nul ! Quel imbécile je suis ! » Il s'élança hors du restaurant et traversa la rue en courant jusqu'à son pick-up.

Il sortit en trombe du parking. Il était furieux contre lui. Je suis un parfait crétin ! C'était aussi évident que le nez au milieu de la figure, mais je ne me suis douté de rien. Le type à qui Milo loue sa ferme a agrandi la grange il y a quelques années. Il pensait que ses mulets, qu'il baptisait chevaux de course, allaient gagner le Kentucky Derby. Mais cette *grange ! Elle est assez grande pour contenir mon arbre !*

38

« OÙ EST ma flasque ? demanda calmement Packy. Où sont mes diamants ? »

Questions auxquelles Wayne ne pouvait pas répondre puisqu'il avait les lèvres scellées par du ruban adhésif. Wayne et Lorna étaient assis sur les chaises de la cuisine. Comme Wayne, Lorna avait les mains et les jambes liées. Après l'avoir avertie que le moindre cri serait son dernier, Packy ne s'était pas donné la peine de la bâillonner. Il avait pensé qu'elle était trop effrayée pour appeler à l'aide, et il ne s'était pas trompé. En outre, au cas où cet escroc de Wayne essayerait de le mener en bateau, elle aurait peut-être une idée de l'endroit où il avait planqué les diamants.

« Wayne, disait maintenant Packy, tu as pris la flasque dans l'arbre de Pickens. C'est pas sympa de ta part. C'est ma flasque, pas la tienne. Je vais ôter ce ruban de ta bouche et si tu te mets à crier, je risque de me fâcher. Tu comprends ? »

Wayne opina du bonnet.

« Il a compris, dit Lorna d'une voix tremblante. Il a bien compris. Il n'a peut-être pas l'air malin comme ça, pourtant il est intelligent. J'ai toujours dit qu'il aurait pu réussir s'il n'avait pas été aussi paresseux.

– J'ai déjà entendu l'histoire de sa vie, l'interrompit Packy. Il l'a racontée à un journaliste. Il a même parlé de vous. »

Lorna tourna la tête vers Wayne. « Qu'est-ce que tu lui as raconté ? » lui demanda-t-elle.

« Packy, faut qu'on se dépêche », s'impatienta Jo-Jo.

Packy lui jeta un regard noir. Il avait vu la peur se dissiper dans les yeux de Covel. La petite amie avait raison. L'homme n'était pas stupide. En ce moment même, son cerveau tournait à plein régime, cherchant une astuce pour conserver les diamants. D'un geste sec, Packy ôta le ruban de sa bouche, arrachant quelques longs poils de sa moustache.

« Ouille ! gémit Wayne.

– Sois pas aussi douillet. Des millions de femmes paient pour qu'on leur fasse la même chose tous les mois. On appelle ça se faire épiler. » Packy se pencha au-dessus de la table. « La flasque. Les diamants. Tout de suite.

– Il n'a pas de diamants, protesta Lorna. En réalité, il n'a pas un sou vaillant. Si vous ne me croyez pas, regardez dans cette boîte à cigares près de l'évier. Elle est pleine de factures. La plupart sont marquées : IMPAYÉ.

– Ma p'tite dame, bouclez-la, dit Packy. Covel, je veux ces diamants.

– Je ne les ai pas...

– Tu les as ! » gronda Packy.

Il sortit de sa poche le diamant jaune qu'ils avaient trouvé sur le sol de la cave, l'agita sous le nez de Covel, puis le posa sur la table.

« Il était au milieu du linge sale que tu as jeté en bas.

– Quelqu'un a dû le laisser tomber. Il y a eu une quantité de gens qui ont défilé ici aujourd'hui. »

La voix de Covel était stridente.

« Il est magnifique ce diamant ! » s'exclama Lorna.

Il a la frousse, mais pas encore assez pour cesser de tergiverser, constata Packy. Il se pencha en travers de la table jusqu'à ce que son visage ne soit qu'à quelques centimètres de celui de Wayne.

« Je pourrais demander à Jo-Jo de te brutaliser un peu. Et s'il commence, tu parleras. Mais je ne suis pas chien. Je suis équitable. » Il prit le diamant et le déposa dans la poche de la chemise de Wayne. « Ce petit objet près de ton cœur vaut deux millions de dollars. Il est à toi si tu nous remets immédiatement la flasque avec le reste des diamants.

– Je vous l'ai dit, je ne sais rien. »

Il cherche à gagner du temps, pensa Packy. Peut-être attend-il une visite. Il prit la machette et la contempla d'un air songeur. « Je crois que nous allons perdre patience, qu'est-ce que tu en penses, Jo-Jo ?

– Nous allons bientôt perdre patience », confirma Jo-Jo d'un air lugubre.

Packy leva la machette au-dessus de sa tête et visa la table. Avec un bruit sourd elle se ficha dans le plateau de bois. Il la dégagea.

« La belle machette que je t'ai donnée pour Noël ! s'écria Lorna d'un ton accusateur.

– C'est à cause d'elle que nous sommes dans ce pétrin », gronda Wayne. Il se tourna vers Packy. « D'accord, d'accord, je vais vous le dire. Mais seulement si vous me donnez encore un diamant – celui qui est gros comme un œuf de pigeon. Il vous en restera plein d'autres.

– Si vous en avez tellement, j'aimerais bien en avoir un moi aussi, dit Lorna. Un petit me suffira.

– Il n'y en a pas de petits, hurla Packy. Covel, tu veux l'œuf de pigeon, et ta copine en veut un petit. Vous faites une sacrée équipe. *Où est la flasque ?*

– Marché conclu ? demanda Wayne. Je prends les deux diamants. Vous en faites pas pour elle.

– *La flasque ?*

– Vous n'avez encore rien promis.

– O.K. Je promets. Croix de bois, croix de fer... »

Wayne hésita, ferma les yeux et les rouvrit lentement. « Je vais vous faire confiance. La flasque est dans le grand tiroir en bas de la cuisinière, dans un faitout auquel il manque une poignée. »

L'instant d'après, Jo-Jo était à quatre pattes, ouvrait le tiroir et en sortait précipitamment cocottes, casseroles, poêles et même un moule à gâteaux rouillé. Le faitout était coincé au fond. Jo-Jo tira dessus si fort que tout le tiroir se déboîta, le projetant en arrière.

« C'est bien ça, hein, Packy ? » Il brandissait la flasque.

Packy la lui prit des mains, dévissa le bouchon, regarda à l'intérieur, versa quelques diamants dans sa paume qu'il referma amoureusement avec un soupir. « C'est bon, elle a l'air pleine. Celui que nous avons trouvé était sans doute le seul qui manquait.

– Et l'œuf de pigeon ? lui rappela Wayne.

– Ah, oui, c'est vrai. » Il versa avec précaution quelques diamants de plus. « Le voilà. Il est tellement gros qu'il refuse de sortir. Mais c'est sans importance. »

Il remit les diamants dans la flasque. Puis il se tourna et, d'un geste rapide comme l'éclair, sa main plongea dans la poche de Wayne. Au moment où il en retirait le diamant jaune, Wayne lui mordit le doigt.

« Ouille, hurla Packy. J'espère que je ne vais pas attraper la rage.

– Wayne, je savais que tu n'aurais pas dû lui

faire confiance, gémit Lorna. Tu te laisses toujours avoir. »

Un instant plus tard, Jo-Jo les avait bâillonnés. Packy agita la flasque devant les yeux de Wayne. « Tu te crois malin, dit-il. Ta petite amie se croit maligne. Dommage, si j'avais eu le temps je vous aurais vendu le pont de Brooklyn. Quiconque croit un escroc capable de tenir parole n'a pas sa place dans ce monde. »

Jo-Jo et lui se dirigèrent vers la porte de derrière.

39

Les Granger s'engagèrent sur un chemin de terre marqué SANS ISSUE et durent ralentir à cause des ornières pleines de neige. Derrière eux, Alvirah, Willy, Regan et Jack s'impatientaient. Les Granger s'arrêtèrent enfin devant une ferme et la porte arrière de leur voiture s'ouvrit brusquement. Bobby en jaillit.

« C'est là », s'écria-t-il en montrant la maison du doigt.

« Remonte tout de suite », lui intima sa mère.

Jack avança jusque dans le champ, devant la maison, et coupa le moteur.

« L'endroit a l'air désert », dit Willy en parcourant des yeux le bâtiment principal et la grange.

Ils se dirigèrent d'un pas rapide vers la ferme. « Regardez », s'écria Jack en désignant le côté de la grange. « Il y a un minibus blanc avec un porte-skis garé le long du mur. »

Alvirah et Regan montèrent précipitamment les marches qui menaient à la galerie et regardèrent par les fenêtres. Alvirah saisit le bras de Regan. « Il y a des skis de fond sur le plancher.

– Alvirah, ils peuvent appartenir à n'importe qui, dit Regan.

– Ils n'appartiennent pas à n'importe qui, répliqua Alvirah. Je vois le bonnet d'Opal par terre, à côté ! Entrons.

– Tu as raison, Alvirah. » Willy essayait en vain d'ouvrir la porte principale.

Il saisit une des chaises de la galerie et, à la stupéfaction générale, la lança à travers la fenêtre. « Si nous nous sommes trompés, je paierai la réparation, dit-il, mais je fais confiance à l'instinct d'Alvirah. »

Une puissante odeur de gaz les frappa.

« Mon Dieu, s'écria Alvirah, si Opal est quelque part à l'intérieur... »

Jack avait déjà donné un coup de pied dans les carreaux restants, escaladé la fenêtre et ouvert la porte. Ses yeux larmoyaient sous l'effet des émanations gazeuses.

« Opal ! » appela Alvirah.

Ils parcoururent à la hâte le rez-de-chaussée sans trouver personne. Willy courut à la cuisinière et éteignit un des brûleurs. « Voilà d'où venait le gaz ! »

Regan et Jack se ruèrent à l'étage, suivis d'Alvirah. Il y avait trois chambres. Les portes étaient fermées.

« Le gaz n'est pas aussi concentré en haut », dit Regan en toussant.

La première chambre était vide. Dans la deuxième, ils trouvèrent un homme attaché sur le lit. Alvirah ouvrit brusquement la troisième porte et étouffa un cri. Opal s'y trouvait étendue, inerte, elle aussi ligotée.

« Oh, non ! » murmura Alvirah. Elle s'élança, se pencha et constata que les lèvres d'Opal remuaient et que ses paupières battaient. « Elle est en vie ! »

En un instant, Jack arriva près d'elle, il coupa la corde avec son canif tandis que Regan passait un bras autour d'Opal et la soulevait.

« Si les portes des chambres étaient restées ouvertes, ces deux-là seraient morts à l'heure qu'il est, fit remarquer Jack d'un air sombre. Pouvez-vous vous occuper d'Opal, toutes les deux ?

– Bien sûr », dit Alvirah.

Jack gagna rapidement l'autre chambre, pendant que Regan et Alvirah emportaient Opal dans le couloir.

Jack et Willy les suivirent, soulevant un homme aux cheveux longs, complètement inconscient.

Quelques instants plus tard, ils sortaient par la porte principale, traversaient la galerie et allaient se réfugier à une distance respectable.

« Si nous avions sonné à la porte, nous aurions sans doute fait sauter la maison, dit Jack. Avec la quantité de gaz qui s'était répandue en bas, la décharge électrique aurait pu déclencher une explosion. »

Au moment où ils traversaient le champ, ils entendirent le bruit d'un moteur. Un pick-up se dirigeait à toute allure vers la ferme. Sans avoir eu le temps d'imaginer qu'il s'agissait peut-être des ravisseurs d'Opal, ils aperçurent Lem Pickens au volant. Il ne sembla pas les voir, passa devant eux en trombe et, dans un crissement de pneus, s'arrêta pile devant la grange. Il s'élança, ouvrit la porte en grand.

« Notre arbre ! cria-t-il, en sautant sur place. Notre arbre ! J'ai retrouvé notre arbre ! » Il se rua à l'intérieur.

« Son arbre est là ! » s'exclama Regan.

Aidée d'Alvirah, elle soutenait toujours Opal.

« Packy, l'entendit-elle murmurer. Les diamants. Mon argent.

– Opal, savez-vous où se trouve cet escroc ? » lui demanda Alvirah.

Lem sortit en courant de la grange et se précipita vers eux. « Il est intact. À peine une branche cassée ! » Il prêta enfin attention à la scène qui se déroulait devant lui. « Qu'est-il arrivé à ces deux-là ? demanda-t-il.

– Ils ont sans doute été drogués, lui expliqua Alvirah. Et Packy Noonan est derrière tout ça.

– Ainsi que ce rimailleur. » Lem pointait un doigt accusateur vers Milo, toujours inconscient.

« Wayne... a... les diamants... Packy est parti..., murmura Opal. »

– Parti où ? demanda Regan.

– Chez Wayne...

– Je savais bien que Wayne trempait dans l'histoire ! » jubila Lem.

Regan se tourna vers lui. « Lem, vous savez comment aller chez Wayne. Montez avec nous. Vite ! Il n'y a pas une minute à perdre ! »

Son téléphone à l'oreille, Jack prévenait la police locale.

Lem se tourna vers la grange. « Sûrement pas ! cria-t-il. Pas question que je perde mon arbre de vue. »

Bobby Granger avait échappé à ses parents et courait vers eux. « Je vais le surveiller, monsieur. Je ne laisserai personne y toucher !

– La police va arriver dans une minute. Une autre voiture se dirige vers la maison de Covel. Votre arbre ne risque absolument rien, dit Jack sèchement. Monsieur Pickens, nous avons besoin de votre aide. Vous connaissez ces parages par cœur. »

Les Granger avaient rejoint leur fils. « Nous resterons ici, promit Bill Granger.

– Bon, d'accord, dit Lem. Mais dites à la police que j'ai les clés du camion dans ma poche. C'est moi qui le conduirai jusqu'à la maison. Et je ne veux pas m'asseoir à côté de ce Milo de malheur.

– Nous nous occuperons de lui aussi », dit Bill Granger.

Alvirah et Willy montèrent à l'arrière de leur voiture. Puis Jack installa Opal à côté de Willy. Regan, Jack et Lem grimpèrent à l'avant. Jack démarra, conduisant aussi vite que le permettait le chemin cahoteux.

« Tournez à gauche, indiqua Lem à un moment. Je savais que Wayne Covel, Packy Noonan et ce prétendu poète étaient à mettre dans le même sac. Si vous cherchez des objets volés, je ne serais pas surpris que vous trouviez tout le butin dans la maison de Covel. Maintenant prenez à droite. »

La vieille guimbarde de Milo apparut devant eux venant en sens inverse.

« Ça alors ! s'exclama Lem. C'est la voiture du rimailleur ! Mais c'est sûr que ce n'est pas lui qui conduit. »

Au même moment, Alvirah poussa un cri : « Packy Noonan est au volant ! »

Jack fit immédiatement demi-tour, mais se retrouva derrière un camion de livraison. La route était trop étroite et sinueuse pour qu'il puisse le dépasser. Il s'impatienta. « Vite, plus vite ! »

Lorsqu'ils arrivèrent à un croisement, la voiture de Milo avait disparu.

« Ils sont allés par là ! dit Lem en pointant l'index vers la gauche.

– Comment le savez-vous ? demanda Jack.

– Regardez, là ! Le pare-chocs au milieu de la route ! Il a fini par se détacher. »

Regan avait déjà composé le numéro du poste de police. Elle leur expliqua rapidement qu'ils avaient repéré Packy Noonan, fit la description de la voiture, indiqua la direction qu'elle avait prise. À côté d'elle, Opal murmura :

« Rattrapez-le. Vite... mon argent...

– Nous allons le pincer, Opal, lui promit Regan. Dommage que vous ne soyez pas complètement réveillée pour voir ça. »

À un détour de la route ils rattrapèrent la voiture de Milo, qui peinait à avancer. Avec un large sourire, Jack la suivit, accélérant au besoin pour empêcher un autre véhicule de s'intercaler entre eux. Ils virent au loin une voiture de police foncer vers eux, gyrophare en action. Jack ralentit pour lui permettre de faire un demi-tour et de se placer derrière Packy. Un instant plus tard la voix d'un policier retentissait dans le mégaphone :

« Arrête-toi, Packy. Ne cherche pas d'autres ennuis. Tu en as assez comme ça. »

Une seconde voiture de police dépassa Jack, tandis que deux autres arrivaient dans la direction opposée.

Packy prit la flasque et la passa à Jo-Jo. « Débarrasse-nous de ça ! »

Jo-Jo ouvrit la fenêtre et la jeta. La flasque pleine de diamants roula en bas du talus.

« Je me suis escrimé à escroquer tous ces crétins et voilà le résultat », se lamenta Packy en voyant la flasque disparaître. Il pila et coupa le contact.

« Sortez, les mains en l'air », tonna la voix dans le mégaphone tandis que les policiers jaillissaient des quatre voitures.

Jack s'arrêta et ils se précipitèrent dehors, à l'exception d'Opal, toujours prostrée sur la banquette arrière. Regan s'élança sur la route, rebroussa chemin sur une trentaine de mètres, puis glissa en bas du talus, se rattrapant comme elle pouvait. Une flasque métallique reposait dans la neige, au pied d'un arbuste. Regan la ramassa, la secoua et entendit un léger tintement. Elle dévissa le bouchon. « Seigneur ! » murmura-t-elle en jetant un regard à l'intérieur. Elle versa quelques-uns des diamants dans sa main. « Il y a une vraie fortune là-dedans. Quelle sera la réaction d'Opal quand elle verra ça ? »

Elle remit avec précaution les pierres dans la flasque, remonta le talus et se rua vers Packy Noonan que les policiers avaient menotté. « La voilà donc, la flasque de vos rêves, Packy ? » demanda-t-elle d'un ton sarcastique. « Ceux qui ont perdu leur argent dans votre soi-disant société de transports maritimes vont se réjouir en prenant connaissance de son contenu. »

Des coups provenant du coffre de la voiture de Milo les firent tous sursauter. Armes à la main, deux policiers actionnèrent la serrure et se reculèrent tandis que le couvercle se soulevait lentement. Benny se redressa, le billet de Jo-Jo toujours épinglé à sa veste, et embrassa la scène du regard. « Jo-Jo avait raison, on aurait dû se contenter de ce qu'on avait, dit-il en bâillant. Réveillez-moi quand nous arriverons au poste de police. » Il se recoucha et ferma les yeux.

Regan se tourna vers Alvirah. « Avant de les

remettre aux autorités, allons montrer les diamants à Opal. »

Elles se hâtèrent jusqu'à leur voiture, redressèrent Opal sur la banquette et lui mirent la flasque dans les mains. « Réveillez-vous, Opal, la pressa Alvirah. Regardez. »

Regan dévissa le bouchon.

« C'est quoi ? demanda Opal d'une voix ensommeillée.

– Ces diamants représentent l'argent que vous avez gagné à la loterie. Vous allez en récupérer une bonne partie. »

Les paroles d'Alvirah pénétrèrent le cerveau embrumé d'Opal et elle se mit à pleurer.

Une heure plus tard, Lem Pickens traversait la ville au volant du semi-remorque à plateau, actionnant son klaxon. À côté de lui, Bobby Granger faisait des signes à la foule enthousiaste qui s'était massée au bord de la route.

Lorsque Lem arriva en haut de la côte qui menait à sa maison, il vit Alvirah, Willy, Regan, Jack, les Granger et une Opal maintenant ragaillardie qui l'attendaient avec Viddy sur les marches de la galerie. La nouvelle de la découverte de l'arbre s'était répandue comme une traînée de poudre. Les médias étaient déjà là, rassemblés devant la maison, ne voulant pas manquer le moment où Lem Pickens pénétrerait fièrement dans sa propriété au volant du camion du Rockefeller Center. L'expression de Viddy à la vue de son épicéa bleu rappela à Alvirah la joie qui s'était peinte sur le visage d'Opal un moment plus tôt et, comme Opal, Viddy se mit à pleurer.

Épilogue

LORSQUE vint le moment d'illuminer l'arbre de Noël, Lem et Viddy étaient pratiquement devenus des New-Yorkais accomplis. Deux jours après que Lem eut retrouvé son cher épicéa, ils étaient au Rockefeller Center pour assister à son arrivée solennelle et écoutaient les enfants chanter pendant qu'on le dressait à l'emplacement habituel. Le choix des airs tirés de *La Mélodie du bonheur* émut tout particulièrement Viddy.

Edelweiss, pensa-t-elle. Notre épicéa bleu est mon edelweiss.

Ils avaient été invités à revenir pour la réception que les autres investisseurs de la Patrick Noonan Shipping & Handling Company avaient prévu de donner en l'honneur d'Opal. Les diamants étaient estimés à plus de soixante-dix millions de dollars, et tous récupéreraient au moins les deux tiers de l'argent qu'ils avaient perdu.

Packy Noonan, Jo-Jo et Benny étaient en prison en attente de leur procès et ne mettraient pas le pied sur une plage du Brésil, ni ailleurs, avant très, très longtemps. Milo s'en était tiré avec un blâme, grâce aux éléments à charge qu'il avait fournis et au témoignage favorable d'Opal soulignant qu'il avait été involontairement entraîné dans cette arnaque criminelle. Milo avait aujourd'hui retrouvé Greenwich Village où il écrivait des poèmes sur la trahison. Le bonus de cinquante mille dollars que la police avait trouvé dans la ferme était de la fausse monnaie. Mais il avait déjà reçu un prix pour l'un de ses poèmes dont le sujet était un semi-remorque à plateau.

Lorsque la police avait découvert Wayne Covel et sa petite amie ligotés, Wayne avait prétendu ignorer pourquoi Packy Noonan s'était attaqué à lui. Une déclaration contredite par les récits combinés d'Opal, Milo, Packy, Jo-Jo et Benny. Mais comme le dit alors Wayne : « Sans moi, Packy Noonan serait au Brésil à l'heure qu'il est, et il s'y prélasserait avec tout le fric des investisseurs. » Il avait avoué avoir coupé la branche de l'arbre pour reprendre la flasque et prétendu qu'il cherchait un moyen de rendre les diamants, mais sans vouloir révéler comment il les avait obtenus. Son histoire bancale fit hausser quelques sourcils mais, pour finir, il n'écopa que de douze heures de service d'intérêt général. Ils vont comprendre leur douleur avec ce flemmard, pensa Viddy. Quant à son ex-petite amie, elle était retournée à Burlington et cherchait à nouveau sur l'Internet un homme au cœur sensible et généreux. Bonne chance, lui souhaita Viddy.

Le plus dur à avaler pour Packy fut d'apprendre que les épicéas bleus grandissaient par la cime et qu'il avait abattu l'arbre en vain. Sa flasque était restée à la même distance du sol que le jour où il l'avait attachée. S'il l'avait su, il leur aurait suffi, à lui et à ses complices, de contourner l'arbre. Ils auraient trouvé Wayne perché sur son échelle, l'en auraient fait descendre et auraient simplement sectionné la branche à laquelle était fixée la flasque.

Aujourd'hui, dans l'enceinte réservée aux invités, Lem et Viddy attendaient que l'arbre s'illumine. Alvirah, Willy, Regan, Jack, Nora, Luke,

Opal et son ami, Herman Hicks, ainsi que les trois Granger les accompagnaient. Après la cérémonie, ils se rendraient tous à l'appartement d'Herman. C'était une belle nuit froide. Le Rockefeller Center grouillait de monde, les rues avoisinantes étaient fermées à la circulation.

« Viddy, Lem et vous avez été formidables au *Today Show* ce matin, dit Regan. Vous êtes des acteurs-nés.

– Vraiment ? Comment était ma coiffure ?

– J'espère qu'elle était réussie, avec le prix qu'elle m'a coûté ! fit remarquer Lem.

– J'ai adoré me faire maquiller, confessa Viddy. J'ai dit à Lem que je voulais recommencer quand nous reviendrions pour votre mariage.

– Dieu m'en préserve », marmonna Lem.

Opal et Bobby étaient assis l'un près de l'autre. Il se tourna vers elle. « Je suis drôlement content d'avoir été dans le même cours de ski que vous.

– C'est réciproque, dit Opal.

– Sinon je ne serais pas ici. »

Opal éclata de rire. « Et moi je ne serais ni ici, ni ailleurs ! »

Herman lui prit la main. « Je vous en prie, ne dites pas une chose pareille, Opal.

– Tout est si beau », soupira Alvirah en admirant le spectacle.

Willy sourit. « Quelque chose me dit que nous allons nous arrêter dans ce coin tous les soirs pendant un mois.

– Alvirah, nous n'avons jamais été voir votre érable, lui rappela Nora.

– Chérie, nous avons raté une quantité de choses excitantes, fit Luke de sa voix traînante.

– J'ai eu assez de moments excitants pour l'instant ! protesta Opal. Et croyez-moi, à partir d'aujourd'hui je garde mon argent dans une tirelire. Plus de Packy Noonan dans mon existence. »

Les chants de Noël s'élevaient. Dans une minute se produirait le grand moment.

C'est magique, pensa Regan. Jack passa son bras autour de ses épaules. Et ça aussi, c'est magique, se dit-elle avec un sourire.

La foule commença à compter. « Dix, neuf, huit... »

Lem et Viddy retinrent leur souffle et unirent leurs doigts. Avec une immense émotion, ils regardèrent l'arbre qu'ils avaient chéri pendant cinquante ans s'embraser soudain de milliers de lumières colorées, tandis que la foule massée tout autour poussait des cris d'enthousiasme.

À propos de Maria von Trapp...

Entre les deux guerres, Maria Kutschera, jeune religieuse autrichienne, était devenue la gouvernante d'un officier à la retraite père de sept enfants, le capitaine von Trapp, qu'elle épousa peu après et avec qui elle eut trois enfants. Tous étaient passionnés de chant. En 1938, Maria dut s'enfuir d'Autriche avec ses proches. À son arrivée en Amérique, elle créa une troupe familiale de chanteurs qui connut un immense succès. Le récit de cette aventure, *The Story of the Trapp Family Singers*, allait être à l'origine de deux films tournés en Allemagne, puis de *The Sound of Music,* une des comédies musicales les plus célèbres de tous les temps, et enfin de sa version filmée, en français : *La Mélodie du bonheur*.

Aux États-Unis, la famille avait découvert Stowe, alors un petit village du Vermont, et y avait créé un camp où l'on enseignait la musique. Au début, la

Lodge était destinée à recevoir les étudiants. L'hôtel, aujourd'hui dirigé par un des enfants de Maria, existe toujours, et c'est lui qui sert de décor à une partie du roman de Mary Higgins Clark et Carol Clark.

Remerciements

« Et si vous écriviez une histoire dans laquelle on volerait l'arbre de Noël du Rockefeller Center ? »

L'idée venait de Michael Korda. Elle nous parut amusante à toutes les deux et nous décidâmes de nous embarquer dans ce projet.

Maintenant est venue l'heure d'offrir des brassées de mercis à ceux qui nous ont soutenues durant l'aventure.

Mille étoiles, donc, pour nos éditeurs, Michael Korda et Roz Lippel. Vous êtes magnifiques !

Des guirlandes de diamants pour nos agents, Gene Winick et Sam Pinkus, et notre attachée de presse, Lisl Cade.

De l'or par poignées pour Gypsy da Silva, notre correctrice en chef et son équipe, Rose Ann Ferrick, Jim Soller et Barbara Raynor.

Un coup de chapeau au sergent Steven Marron et

à l'inspecteur Richard Murphy, toujours là pour nous éclairer.

Joyeux Noël à Inga Paine, cofondatrice de la plantation Paine's Christmas Trees, à sa fille Maxine Paine-Fowler, sa petite-fille Gretchen Arnold, et sa sœur Carlene Allen, que nous sommes venues déranger le dimanche à Stowe avec nos questions concernant les arbres que nous faisions figurer dans ces pages.

Joyeux Noël aussi à Timothy Shinn, qui nous a expliqué comment on déplaçait un arbre de neuf tonnes. Si nous avons commis des erreurs, qu'il nous pardonne. Merci à Jack Larkin qui nous a fait connaître Tim.

Mille baisers à notre famille et nos amis, tout spécialement à John Conheeney, Agnes Newton et Nadine Petry.

Une pluie de confettis pour Carla Torsilieri d'Agostino et Byron Keith Byrd, auteurs de *The Christmas Tree at Rockefeller Center*.

Un hymne de gratitude pour les responsables du Rockefeller Center, qui apportent depuis des décennies un moment de joie partagée à des milliers de gens en décorant le plus bel arbre de Noël du monde.

Et enfin, à vous nos lecteurs, nos vœux affectueux. Que vos vacances soient remplies de bonheur et de joie.

Des mêmes auteurs

Ouvrages de Mary Higgins Clark

LA NUIT DU RENARD
Grand Prix de littérature policière 1980

LA CLINIQUE DU DOCTEUR H.

UN CRI DANS LA NUIT

LA MAISON DU GUET

LE DÉMON DU PASSÉ

NE PLEURE PAS, MA BELLE

DORS MA JOLIE

LE FANTÔME DE LADY MARGARET

RECHERCHE JEUNE FEMME
AIMANT DANSER

NOUS N'IRONS PLUS AU BOIS

UN JOUR TU VERRAS

SOUVIENS-TOI

CE QUE VIVENT LES ROSES

DOUCE NUIT

LA MAISON DU CLAIR DE LUNE

JOYEUX NOËL, MERRY CHRISTMAS

NI VUE NI CONNUE

TU M'APPARTIENS

UNE SI LONGUE NUIT

ET NOUS NOUS REVERRONS

AVANT DE TE DIRE ADIEU

DANS LA RUE OÙ VIT CELLE QUE J'AIME

TOI QUE J'AIMAIS TANT

LE BILLET GAGNANT

UNE SECONDE CHANCE

ENTRE HIER ET DEMAIN

LA NUIT EST MON ROYAUME

Ouvrages de Carol Higgins Clark

PAR-DESSUS BORD

ACCROC

BIEN FRAPPÉ

SUR LA CORDE

LES YEUX DE DIAMANT

PAS DE VEINE

CHUTE LIBRE

Ouvrages de Mary et Carol Higgins Clark

TROIS JOURS AVANT NOËL

CE SOIR JE VEILLERAI SUR TOI

Édition exclusivement réservée
aux adhérents du Club
Le Grand Livre du Mois
15, rue des Sablons
75116 Paris
réalisée avec l'autorisation des éditions Albin Michel

Impression Bussière, en octobre 2004
N° d'impression : 044458/4.
Dépôt légal : novembre 2004.
Imprimé en France
ISBN : 2-286-00255-X